The farthest library
in the mirror
鏡のむこうの
さい　は
最果て図書館
光の勇者と偽りの魔王
冬月いろり
Presented by
Irori Fuyutsuki
Illustration by
Namie
JN229801

CONTENTS

目次

デザイン◉コードデザインスタジオ

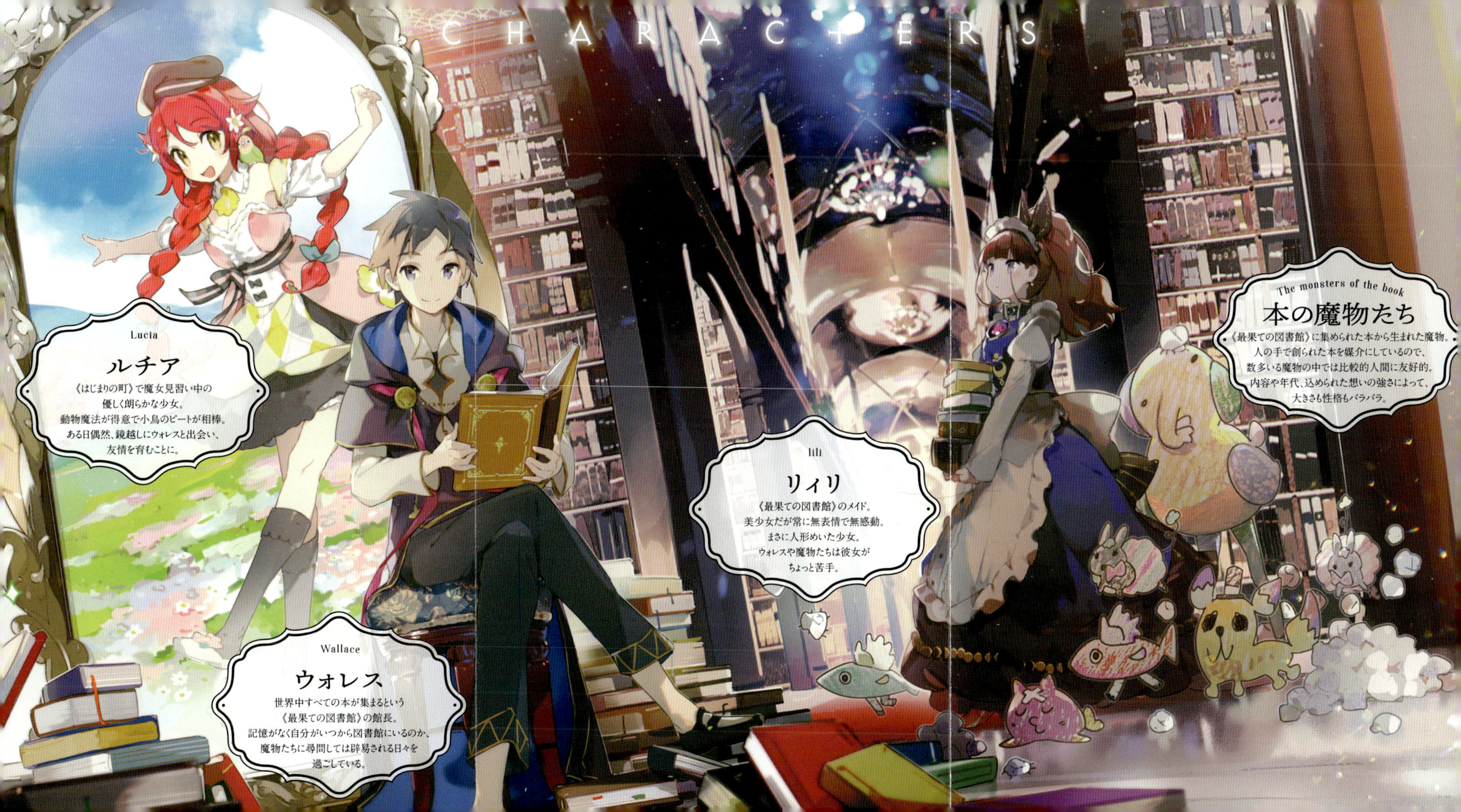
CHARACTERS
Lucia
ルチア
《はじまりの町》で魔女見習い中の
優しく朗らかな少女。
動物魔法が得意で小鳥のピートが相棒。
ある日偶然、鏡越しにウォレスと出会い、
友情を育むことに。
Wallace
ウォレス
世界中すべての本が集まるという
《最果ての図書館》の館長。
記憶がなく自分がいつから図書館にいるのか、
魔物たちに尋問しては辟易される日々を
過ごしている。
lili
リィリ
《最果ての図書館》のメイド。
美少女だが常に無表情で無感動。
まさに人形めいた少女。
ウォレスや魔物たちは彼女が
ちょっと苦手。
The monsters of the book
本の魔物たち
《最果ての図書館》に集められた本から生まれた魔物。
人の手で創られた本を媒介にしているので、
数多いる魔物の中では比較的人間に友好的。
内容や年代、込められた想いの強さによって、
大きさも性格もバラバラ。

最後の黒剣が放たれて、
ついに結界が砕かれた。
砕いた剣は軌道を逸らされながらも
結界を突き抜け、そして、
「ルチア！」
あろうことかそれは、
ルチアの元へ飛んで行った。
ルチアは恐怖に凍りついたように動けない。
ウォレスは走り出していた。
足がもつれるのもかまわず、腕を伸ばす。
ウォレスが放った魔法が、
ルチアに刺さる寸前の黒い剣を掴んだ。
ルチアが後ろに転ぶ。
剣は見た目に反して、
凄まじい熱を持っていた。
まるで皮膚を切り裂かれるような激痛が、
ウォレスの腕にまで走る。
一瞬意識が遠のく。
だが、ウォレスは決して離さなかった。
「俺は……
俺は、あの時とは違うぞ、魔王！」

世界の果て。

栄華の夢中で朽ちた巨大な遺跡を通り、
鬱蒼と茂る迷宮の森を抜けた先に、その図書館はあった。
城邑のように背の高い石垣に囲まれ、どこかちぐはぐだが古色蒼然とした佇まいは、
世界中の本を収めるには理想的な場所だった。

事実、最果ての図書館には世界中の本が収められていた。《空間》が意思を持ち、
その《空間》が魔物を生み出すことは珍しくないが、
図書館もいつからか意思を持ちはじめ、本から魔物を生み出した。

魔物たちは世界中を飛びまわり、新たに書かれた本を集めては図書館に収める。
最果ての図書館は世界で一番本を所蔵する図書館となった。

ただ、来館者は誰一人としてなかった。
多くの人はその存在を忘れ去り、
存在を知っている者も図書館をお伽噺の中に閉じ込めた。

最果ての図書館は訪れる者もないまま、ただそこに在った。

地図イラスト／ナベタケイコ

The farthest library in the mirror

鏡のむこうの最果て図書館

光の勇者と偽りの魔王

冬月いろり

Presented by Irori Fuyutsuki

Illustration by Namie

プロローグ

「光の勇者の物語」

むかしむかしのお話です。

世界は魔王によって支配されていました。

いつ現れたのか、どこから来たのか、誰も知りません。

気が付くと世界は闇に包まれていたのです。

全てを手に入れた魔王は好き勝手に世界で遊びます。町には魔物が押し寄せ、森や海は旅人を生きて帰さず、美しい姫は魔王の城へ攫(さら)われていきました。

このままでは世界は滅んでしまう。人々は途方(とほう)にくれます。

しかしある時、どこからともなく現れた一人の青年が、剣を高々と天に掲げて叫びました。

「私が魔王を倒す！」

たった一言、されどその気高き意志は、人々の心を貫きます。

光は青年の背後を舞い、彼の持つ剣は太陽のように輝きました。

青年は行く先々で魔王の非道に嘆(なげ)き苦しむ人々を助けながら、町から町を抜け、道なき道を進みました。

峻険な山々を越え、終熄の砂漠を越え、茫洋たる海を越え、出会いと別れを繰り返し、何度も命を落としそうになりながらも、青年はただひたすら進みます。

光の青年の噂はたちまち世界に広まり、人々は希望を見出します。

その希望を一身に受けて、青年はさらに進み続けます。彼を想う誰かから引きとめられても、友情を育んだ仲間との一生の別れがあっても、青年は振り返ることなく進み続けました。

そして、そこは世界の果て。

青年はついに、魔王が棲む城に辿り着きました。

暗影に沈んだ玉座の間では、弱き者なら見ただけで絶命してしまいそうなほど気味の悪い笑みを浮かべた魔王が、青年を待っていました。

「私はお前を倒すためにここに来た」

「お前ごときに、この私が倒せるものか」

二人は剣を構えます。

黒い剣と白い剣。

二人は睨み合います。

落雷による轟音が城に響いた時、戦いが始まりました。

長い長い戦いでした。二人は剣を休めることなく振りまわし、火花を散らし、一度離れてはまた相手に振りかざします。その戦いは、三日三晩続きました。

互角かに思われた戦いは、青年の体力の消耗により、終わりが見えてきました。

光を放つ剣が、青年の手から弾き落とされます。魔王の持つ剣が、青年の喉元に向けられます。

青年は魔王を睨み付け、そして覚悟を決めました。

「勇者様！」

突然の、第三者の声。

魔王に攫われた美しい姫が、そのか細い身体で魔王に摑み掛かったのです。姫の指先から伸びた魔法が一瞬、魔王の身体を捕らえました。

しかし、青年には一瞬でよかったのです。

「これで終わりだ！」

青年は転がるように剣を拾うと、一際輝いた剣を魔王の胸に振り下ろしました。

「ぐあああああああああああああああああああ！」

魔王の絶叫が城に響いて、揺れます。

しかし魔王は、最期の力を振り絞り、我が身から振り落とすように麗しい姫を剣で薙ぎ払いました。泡沫のような血の珠が空中を舞い、少女は力なく床に投げ出されます。その隣に、魔王が雪崩のごとき音をあげて倒れ込みました。

唖然とする青年に、少女は微笑みかけます。

駆け寄ろうとする青年に、少女は小さく首を横に振ります。

少女は、幸せそうに言いました。

「私の血で、あなたが穢れる必要はありません。あなたは、勇者なのですから」

そして、静かに目を閉じました。

第一章

「旅立たせる物語」

いつからだったか忘れてしまった。

しかしウォレスはずっと違和感を持っていたし、気のせいだと片付けてしまうには、この場所が好きになれなかったのだ。

「知りたければ自分で調べればいいさ」

魔物は言った。

何枚もの紙をくしゃくしゃにして丸めて、なんとか四足の生き物を形作ろうとした。目の前の魔物を言い表すなら、だいたいそんな感じだった。薄目に見れば、なるほど羊程度には見えるかもしれない。顔と思わしき部分に、ぎょろりとした目と、落書きのような口がある。

「お前たちがそれを知っているなら、聞いた方が手っとり早いだろ」

異形の姿に怯(おび)えることなく、ウォレスが言い返す。

魔物は口をすぼめてみせた。

「わかったよ。つまり、あんたがいつからここに閉じ込められているか、だろ?」

ウォレスは力強く頷く。

「閉じ込められている、ねえ？」

魔物は意味深に言って、周辺をぐるりと見渡した。ウォレスもそれに釣られる。

本、本、本。見渡す限り本しかなかった。

先が霞みそうなほど長い廊下の両脇に、巨大な木造の書架が延々と置かれている。年季の入った重厚なものだが、古ぼけた感じはしない。その書架を装飾するように、色とりどりの本が隙間なく並べられていた。さらに両端には吹き抜けの二階があり、こちらも同様だった。所々、高い場所の本を取るための梯子がかけられている。

それら以外であるものといえば、明かりを確保するために、等間隔で作られた巨大な玻璃窓くらい。そこから入る斜光に照らし出された埃が、光の粉のようにただようだけで、本たちは完全に沈黙していた。

この光景は、多少の差はあれども、どこまで行っても似たようなものだということを、ウォレスは知っていた。

「俺がいつからここにいたか、知りたいんだ」

もう一度魔物の方を見て、ウォレスが言った。

「昨日もいただろ？」

「昨日もいた」

「おとといもいただろ？」

「おとといもいた」

「じゃあ少なくとも、おとといから閉じ込められているわけだ」

くだらないとでも言いたげに、魔物が結論付ける。

「ふざけないでくれ」

「ふざけてないさ。だってあんたは、ずっと前からここにいたんだもの」

「ずっと前って？」

「ずっと前は、ずっと前だよ」

魔物は繰り返す。オウムでも、もっと気の利いた返事をしてくれそうなものだ。舌打ちしたくなるのを堪えて、ウォレスはいよいよ語尾を強めた。

「正確な時間が知りたいんだ」

「だから、知りたければ調べればいい。そういうのに、おあつらえ向きだろ。なんていったってここは、最果ての図書館。世界中の本が集まる場所なんだから」

最果ての図書館。

この場所がそう呼ばれていると、ウォレスは知識として知っていた。

必要な知識は、初めから持っていた。

「館長さんよ」

魔物は、呆れたようにウォレスを見た。

「いい加減認めようぜ。あんたは俺たち魔物みたいなものさ。俺たち魔物は、この図書館に作られた。図書館には、俺たちが必要だからだ。だから、いつから？　とか、なぜ？　とか、思うだけ無駄なんだよ。あんただって、図書館に、この《空間》に必要とされているからここにいる。存在意義としては、それで充分だと思うぜ？」

「でも……」

ウォレスは言い淀んだ。

俺は魔物じゃなくて人間だ、そう言おうとしたところで、それを遮って魔物は続けた。

「あんたはこの図書館の館長なんだ。ずっと前からな。館長ってやつは、全ての本がどこにあるか把握している。おっと、なんでかなんて聞くなよ？　実際覚えているあんたの方が、よっぽど理解しているんだから。だから、何度も言っているが、どうしても知りたければ自分で調べるのが一番手っとり早い。もう俺たちを捕まえて、その話題を持ち出すのはやめてくれ」

魔物の言う通り、ウォレスはこの図書館の館長だった。

だから知っていた。

ウォレスがいつからこの場所にいたか書かれた本なんて物は、存在しない。

真実か嘘かは置いておいて、世界の始まりが書かれた本はあるのに、この図書館の創立に関する記述は皆無なのだ。出てくるのはせいぜいお伽噺の中くらい。

調べなくてもわかる。知っているのだ。さすがに中に書かれた文章までは暗記していなかったが、この図書館にある途方もないほどの本たちが、どの書架に仕舞われ、またどういった類の本なのか、尋ねられれば瞬時に答えることが出来る。

膨大な知識に、考えるだけで頭がくらくらする。

「さ、俺たちはもう行くぜ」

そう言った途端、魔物の姿は薄れ、一番近くに置かれた書架の、本と本の隙間へ滑り込むように消えていった。まるで手品のようだったが、ウォレスは驚かない。

俺たち、と言ったのは、姿は見えないものの、他にも魔物が本の隙間に隠れていたせいだろう。今の会話を、興味津々で盗み聞きしていたに決まっている。ここの魔物たちはいつも退屈していて、娯楽に飢えているのだから。

だから、ウォレスから離れたのは、今の会話に飽きたからだけではない。

「マスター、御部屋の掃除が終わりました」

背後から吐息のような声が聞こえて、ウォレスは静かに振り向いた。この長い廊下をいつの間に歩いてきたのか、一人の少女が立っている。

「マスター、御部屋の掃除が終わりました」

聞こえていないと思ったのか、少女は同じことを繰り返した。

「リィリ、いつからそこに？」

「リィリは今ここに来ました」

少女は丁寧に答えた。

柔らかそうな栗色の髪に、冬の月に照らされた、白銀世界のような青白い肌。目鼻立ちも整っていて、一見すると人形のように可愛らしい少女に見える。しかし彼女を人形めいて見せている一番の要因は、整った顔のせいでも、小柄な体躯のせいでもなく、恐ろしいほどの無表情のせいであった。

無表情のまま、口だけが微かに動く。

「今朝魔物たちが仕入れてきた本も、書斎に揃えてあります」

「わざわざ報告しに来てくれたのか、ありがとう」

礼の言葉にも、反応がない。愛想笑いもない。

伏し目がちの瞳は、綺麗な菫色をしているが曇り硝子をはめ込んだようだったし、薄い唇は必要以上に開かれることはなかった。

静かな図書館でメイドをするには、なるほどうってつけなわけだ、ウォレスは皮肉気味に思った。エプロン姿のリィリは、よくこの図書館に馴染んでいる。

二人の間に、沈黙はすぐに訪れた。

リィリには仕事以外の話題はないのだ。しかし、ウォレスが下がっていいというまで、この少女は動かない。

「……何か手伝おうか？」

沈黙に耐えきれなくなったウォレスが、何気なく尋ねた。

「手伝うとは？」

「皿洗いとか、部屋の掃除とか」

「それはリィリの仕事です。マスターがやる仕事ではありません」

遠慮しているわけでも、怒っているわけでもなく、彼女は淡々と事実を述べる。

「でも、一人でやるのは大変だろ？」

「お皿洗いも、部屋の掃除も、リィリの仕事です。リィリが仕事をするのは当たり前のことなので、大変ではありません」

「そ、そうか。ならいいんだけど」

「はい。まだ御用はありますか？」

ウォレスが固まった首をほぐすように、横に振った。

「でしたら、リィリはこれで失礼します」

音もなくリィリが元来た道を引き返して行く。

会話をしていたはずなのに、後には何の音も残らない。

ウォレスは彼女が苦手だった。本当に人形を相手にしているような気分になってしまう。もっともこれは魔物たちも一緒のようで、リィリが来ると、彼らは脱兎のごとく本の隙間に逃げ帰るのだった。

案の定、少女が去った後、入れ違いで数匹の魔物がウォレスの元へやってきた。

「館長殿、今朝吾輩が仕入れてきた本、一体いつになったら目録に加えるのだ」

どこか高圧的な魔物の声に、ウォレスは露骨に嫌な顔をした。その魔物は、先ほどの魔物よりずっとくしゃくしゃで、口はへの字に曲げられている。

彼らは世界中を飛び回り、次々に生まれる本を収集してくる魔物たちだ。出来上がった本を特殊な力で複製し、図書館に収蔵するべく持ち帰ってくるのが彼らの仕事である。そしてそれらの本からまた新たな魔物が生まれるのだ。

「今日中にやれば問題ないだろ」

肩を竦めるウォレスに、魔物が自虐たっぷりに詰め寄った。

「どうせ吾輩が持ってくるのは大した本じゃないと言いたいのだろう。でもそれは吾輩が悪いのではない。西の大国、リンドクラートの王が死にそうだからとまた自身の伝記をお抱えの作家に書かせた。これで三冊目だぞ！　あの者は一体いつになったら死ぬのだ。前王の方がよほど立派だった。《空間》の意思を読み解くのに長けておったからな。現王の伝記全てを合わせても、前王の一年分にも及ばんよ。三十六年前、シェルシーの海戦の開戦間際、彼の者はこう言ったのだ。『我、この海に身を沈めても、我が祖国の――』」

「そっちはどうだった？」

長くなりそうだと判断したウォレスは、早々に別の魔物に話を振る。悦に入っていた魔物は角度のついた口をますます曲げたが、ウォレスは一向に気にしない。

話しかけられた別の魔物はもったいぶりながら他の魔物を押し退け、こちらにやって来た。

「詩集を何冊か。あの詩人、シャロポットの谷に住む妖精にまだ魅せられたままみたいですよ。でもねえ、あそこの《空間》は妖精には好意的だけど、人間は嫌いですからね。いつもそこに住む魔物に追い払われるのです。それでまた恋心を募らせて思いの丈を詩に詠う。その詩は意中の妖精に届くことなく、民衆には愛され、本になる。だが彼の魂は永遠に満たされることがない。悲しい宿命を背負わされたものです」

悲しいと言いながら、その魔物は一種恍惚とした表情で話す。そういう類の話が好きなのだ。

「自分たちの好きな作家に纏わりつくのはかまわないが、他の《空間》をふらふらして、その魔物を怒らせるなよ」

「平気ですよ、我々の姿はこの図書館から出れば見えなくなりますし、この図書館の邪魔をする《空間》も、パライナにはあまりないでしょう」

パライナとは、この世界の総称である。

最果ての図書館はその端っこに、ひっそりと存在していた。

伝記を集める魔物が、ずずいと割り込んできた。

「そうだぞ、館長殿。ご承知だろうが、そもそも本が生まれる場所、つまり人間が生きる地の

《空間》なんてものは、ほとんど友好的なやつばかりだ。五百七年前、海に沈んだ彼の有名な町イラのように、《空間》を怒らせるなんて馬鹿なことをしなければな」

彼らの言う通り、このパライナのあらゆる《空間》は意思を持っている。

人間が持つ意思とは意味合いが多少異なり、世界、自然、時には人が造り上げた《空間》を、《空間》自身が維持しようとする働きを「意思」と呼ぶのだ。《空間》にはそれぞれ核となる部分があり、その核が《空間》の性質を決めると言われている。

言われている、というのは、核は通常、人に姿を見せないからだ。基本的に《空間》は自然を捻じ曲げる人間たちを嫌い、魔物を生み出し人間を排除しようとするため、人間たちは数少ない友好的な《空間》か、そもそも意思を持たない《空間》に住むようになった。

むやみに《空間》を侵さず、適切な距離を保つことが、この世界を生きる術だ。

「わかったわかった。お前たちに任せるから」

とめようとしたが、魔物の舌は動き続ける。

「人とは愚かなものよ。遺跡の町フェルゼンの話はしたかな。あそこの王も禁忌の業に魅せられ、ゴーレムという異形の存在を創り上げた。そして《空間》の反感を買い、《空間》の僕となったゴーレムによって町は半壊してしまったのだよ。あそこにあった貴重な本たちは、今はこの図書館にしかあるまい。王が書き記した最期の言葉を知りたいか？」

「その話は今度聞くよ。それより、記憶力の良いお前たちに聞きたいことがあるんだ」

「なんだね？」

褒められた魔物が、機嫌よく聞き返す。

「俺がいつからここにいるか覚えているか？」

ウォレスの質問に魔物たちは一瞬固まり、次にうんざりした表情に変わった。耳にタコが出来たと言わんばかりに、耳があるらしい位置に手をくしゃりとやって、大仰に頭をふる魔物までいる。

「またですか館長さん。最近よく仲間を捕まえて尋問しているらしいじゃないですか」

詩集集めの魔物が言った。

「人聞きが悪いな。こっちはただ質問しているだけだ」

「我々が気を悪くしているのだから、尋問ですよ」

「答えられないのか？」

挑発するように問えば、魔物は苛立ったように言い返してきた。

「あなたはずっと前からここにいました。ずっと前は、ずっと前なんです。どんな想像をしているか知らないが、いいですか、夢を見るのは詩人であって館長さんの役目じゃない。あなたの仕事はこの図書館を管理し、正常に動かすことです。さあ」

魔物が指示すると、他の魔物が数冊の本をウォレスに押し付けてきた。仕方なく受け取る。羊皮紙とインクのにおいが鼻についた。

「それじゃあ館長さん、今日中に目録作っておいてくださいよ。きっとですよ」

それだけ言うと魔物たちは散り散りに本の隙間へ入り込み、やがてその気配もなくなった。

広い館内で、ウォレスは完全に独りぼっちになった。耳をつんざくような静寂が、辺りを包む。惨めな気持ちになった。

惨めな気持ちのまま、歩き出した。書斎に向かいながら、考える。

ずっとここで生活していたのかもしれないし、ある日突然、この場所に連れてこられたのかもしれない。始まりはどうであれ、ウォレスはいつからこの図書館で、しかも館長などという立場でここにいたのか覚えていない。

しかし、初めのうちは違和感などなかった。当たり前だったというよりは、疑問として浮かび上がることがなかったのだ。それが最近なぜか、霧が晴れて徐々に視界が広がっていくように、ウォレスの思考が広がった。思考が広がると、あまりにも自分の中ががらっぽだったことに気付く。偏った、しかし膨大な知識はあっても、自分自身についての記憶がないのだ。

いつからここにいて、なぜ己がここに存在するのか、ウォレスは知らなかった。記憶を辿っても、昔のことは思い出せない。その場所はまだ霧が晴れきっておらず、霞がかったようにぼやけてしまうのだ。

ウォレスが思ったままを魔物たちに言うと、彼らは決まって、人間とはそういうものだよと言った。自分の居場所が、時々自分の居場所ではないように感じるものだ、と。

そんなものだろうか、ウォレスは思った。

だが、納得しようとしても、魔物たちの答えはウォレスの欲していたものとは違った。自分の居場所や存在意義など、本当のところ、どうでもよかったのだ。そもそも、この身が人間かどうかもわからないではないか。記憶がないということは、家族のことだって思い出せないということなのだから。もし両親など存在せず、どこからともなく生まれたのだとしたら、それはもう人間ではなく魔物だ。それでも、この図書館と共に生まれ、そして図書館のために存在しているとしたら、構わない。

ただ、ぽっかりと空いた心の穴を持て余した。

図書館の館長として必要な知識ではなく、自身の過去やその記憶、自身のための知識、言葉が欲しかった。他人と笑いあった記憶も、優しくしてもらったことも、誰かのために必死になったこともない。

ウォレスがウォレスとしてここに居ることを、果たしてどれだけの人間が知っているのだろうか。

つまり、寂しかったのだ。

この広大な図書館に、人間はウォレスとリィリしかいない。しかし、リィリはウォレスを絶対的な存在としていて、一定以上の距離を保とうとする。そうかといって、魔物たちは、話し相手にはなってくれるものの、仲間には入れてくれなかった。彼らには彼らの世界があった。

他にあるものと言えば、目が眩むような数の本だけ。ウォレスは苦々しく本を一瞥した。

こんなことなら、疑問など持たなければよかった。なぜ違和感を覚えてしまったのだろうか。疑問を疑問と思わぬまま、人形のように生活していればよかったのに。

孤独だった。友達が欲しかった。想い、想われる存在が。友達がいれば、居場所も存在意義も、そのうち勝手に付いてくるような気さえしたのだった。

*

螺旋階段を、ゆっくりと上る。

目録を作り終わった今、時間は腐ってしまいそうなほどあった。

図書館に点在する塔。その内のひとつを、ウォレスは上っていた。塔はどっしりとした円柱で、チェスでいうルークのような形をしていた。中は壁に沿って階段が円を描き、所々空いた小窓から、光が差し込んでいる。

リィリや魔物に会いたくなくて。または、大量の本が見たくなくて。最終的には結局、なんとなくで、階段を上っていた。歩くことは嫌いではなかった。

ほどなくして、天辺に辿り着く。屋上まで出るには、端に掛けられた縄梯子を上らなければならない。ひとまずウォレスはここまでで満足することにした。

「…………今日はいい天気だな」

最近は日も長くなった。

一際大きな窓から、冷たい風が入ってきた。ウォレスは窓から身を乗り出す。

最果ての図書館は、恐らく世界で一番大きな図書館だ。

その広さは、小さな町とも呼べそうなほど。木や煉瓦（れんが）、石灰や色硝子（ガラス）など数多（あまた）ある材料を全て使ったような、大小様々な建物がくっつき合って出来ていた。所々に小道や小川、中庭なんかも見える。それらはまるで世界中の名立たる建築家を集めて、好き勝手に町を作らせたような外見だったが、なぜだか統一感はあった。景観は悪くない。これで人が沢山いたらさらに申し分ないのだがと、ウォレスは思う。

図書館のくせに、来館者はなかった。仕方がない、ここは世界の果てなのだ。図書館の向こう側は、青みがかった針葉樹の大群が見えて、さらにその向こうでは、緑と空との境界線がうやむやになっていた。あとは、何もない。

ウォレスが普段住んでいるのは、砂色をした石造りの城で、図書館の中心に聳（そび）え立（た）っているが、この塔からではこうした景色は半分も見渡せない。最上階は、階段を上るとすぐに壁に遮られていて、その中心には、焦げ茶色の小さな扉があった。確かこの場所は屋根裏部屋で、二度と階下に降ろすこともないであろうガラクタたちが仕舞（しま）われている場所だ。入ったことはないような気がしたが、やはり知識として部屋を把握していた。

「戻るか」

特に興味もない。ウォレスが下りようとした、その時。

歌が聞こえた気がした。はっとして、立ち止まる。

確かに聞こえる。どうやら、扉の向こうからだ。

優しい声だった。旋律はあるにはあるが、音はぽつりぽつりと途切れ、鼻歌のような、子守唄のような柔らかい歌い方だった。心地の良い声だ。しかし、こんな歌を歌う人間は、この図書館にはいないはずだ。魔物でもないだろう。好奇心が、ウォレスの中に生まれた。

慎重に扉を開けてみる。案の定、中は木箱やら古臭い机やらが色褪せた絨毯の上に散乱していた。上方にある窓から、筋になった光が床や木箱に落ちている。

埃っぽくて薄暗かったが、秘密基地のようにも思えて、居心地は悪くない。

部屋は丸まっていて、丁度扇子を開いたような形をしていた。突き当たりまで行くと、浅緋色の布が掛けられた、板のようなものが壁に立て掛けられていた。ウォレスの背丈よりもまだ大きい。

「絵画か何かか？」

どんなものかと思い、布をばさりと落とした。

それは、巨大な鏡だった。

薄暗い部屋を映し、その周りは飾り気のない青銅で縁どられている。その鏡の中心には、少しだけ驚いたような顔をした、ウォレスが映っていた。

　短めの黒髪に、申し訳程度の吊り目。まだ大人には成りきれていないが、かといってあどけなさが残っているわけでもない。リィリほどではないが不健康な肌の色と、筋肉の追いつかない、ひょろりとした身体。比べる対象が異性であるリィリしかいないのだから、自身の顔については、特徴があるかはわからなかった。そんなに特記すべき部分はないと、ウォレス自身は思っている。ずっと眺めていたいものではない。自分自身に笑いかけてみても仕方がないのだ。また、長らく笑った記憶もなかった。

　鏡自体も大きさ以外はありふれたもので、高価なものではあるのだろうが、それ以上興味は湧かない。他に気になるものはないし、いつの間にか歌も止んでしまっていた。周囲を見まわしてみるが、隠れられそうな場所はない。

　やはりあの声は、気のせいだったのだろうか。

　無造作に投げた布を拾い上げて、適当に掛けなおそうと鏡に向き直る。

「え？」

「え？」

　そこに自身の姿はなく、一人の少女が、恐らく今のウォレスと同じような呆けた顔をして見つめ返していた。

「え？」

ウォレスがもう一度言った。途端、

「え、え、なんで、え、あなた誰⁉」

目の前の少女が、明らかにウォレスとは違う動きをして慌てだした。まるで近くで会話しているがごとく、その声は聞こえた。

「え、あ、え」

言葉が出てこないウォレスに、少女は困ったように眉を下げた。

「あ、えーっと、私の声、聞こえてないのかな……それとも、言葉が通じないのかしら？」

「き、聞こえてるし、通じてるけど……」

口から声を発したことで、ほんの少し心にゆとりが出来たウォレスは、急いで思考を巡らす。

先ほどまでは、確かに目の前の板は鏡だったのだ。しかし今はどうだろう、鏡の中には少女がいる。

歳は、十六、七くらいだろうか。ウォレスより少し若そうに見えた。いかにも町娘といった格好で、長い真紅の髪は二つに編み込まれ、白い花が耳元を飾っている。猫のような目は溌剌としていて、今は驚きで大きく見開かれていた。頬や手が若干埃で汚れているが、少女の持つ角灯に照らしだされた肌は健康的な白さで、手足は小鹿のように繊細ですらりとしている。それなりの格好をしていれば、どこかの令嬢と言われても納得しそうな娘だった。

少女の背後は、薄暗くてよく見えなかったが、倉庫のようだった。だが、明らかにウォレスがいる部屋とは異なっている。じつは鏡の後ろに部屋が続いているのかとも思ったが、鏡の後ろはどう見ても壁である。そもそもこの図書館に、こんな少女はいないはずだ。

結局わかったのはそれくらいで、突然の出来事に、ウォレスの思考は追いつかない。それは少女も同じなようだった。

しかし、ウォレスはあることに思い当たった。

「はっ、まさか、あいつらの仕業か!?」

あいつらとは、魔物たちのことだ。突然本から飛び出してきたり夜中に石像を動かしてみたりするだけでは飽きたらず、退屈に託けて、こんな手の込んだ悪戯をしてきたのか。

そう思うと鏡の中の少女が急に憎らしくなって、思い切り睨み付けた。

少女は短く悲鳴をあげて、一歩後ろに下がった。と同時につまずいて、後ろに引っくり返って、もう一度悲鳴をあげた。

「おい、大丈夫か……」

「あああああなたは、この原因がわかるの？　というか、あなたは誰？　鏡の中の妖精さん？」

「違うっ………って、鏡の中？」

怯えている割にはそれ以上逃げようとせず、立ち上がった少女は力強く頷く。

「え、ええ。あなたは鏡の中に見えているわ」

「俺にもあんたが鏡の中にいるように見えるけどな」

「ええっ、私、じつはもう鏡の中に閉じ込められちゃったの⁉」

少女は顔を青くして、両頬を両手で挟んだ。

「まさか」

人が慌てているのを見ると、逆に冷静になるものらしかった。そして、先ほど聞こえた歌声が、少女のものだったことにも気が付く。

だいぶ落ち着いたウォレスは、少し考えて、

「とりあえず、状況を整理するために、自己紹介をしよう」

そう言った。

近くにあった木箱に、持ったままだった浅緋色の布を掛けて、その上に腰を下ろした。ぎしりと軋んだ。少女は立ったままだ。

「う、うん。あ、確認なんだけど、あなたは鏡の中に住む魔人や、妖精じゃないよね。名前を教えた途端に、鏡の中に取り込まれちゃうとか、そんなことないよね？」

この少女は疑り深いが、若干ぬけているらしい。そもそも仮にウォレスが魔人や妖精だとして、さらに目の前の少女を鏡の中に引きずり込もうとしていたとして、はいそうです私は魔人ですと返事をする馬鹿がいると思っているのだろうか。

しかしその人間臭さが、ウォレスにはくすぐったかった。

「じゃあ俺から自己紹介すれば問題ないだろ。俺はウォレス。ただのウォレスだ。最果ての図書館で、館長をしている」

少女は予想していなかったのだろう。これ以上開かないのではないかと思うほど、目を見開いた。しかしその瞳が、密かに好奇心に揺れたのを、ウォレスは見逃さなかった。

「最果ての図書館って、あの、お伽噺に出てくる?」

「多分そう」

「世界の全てが記してあると言われる、あの?」

「全てかは知らないけど、確かに書いてありそうなくらい本はあるな」

「あなたの後ろに、本らしきものは見えないけど?」

「ここは倉庫だ。その中でたまたまこの鏡を見付けて、そしたらあんたが見えたんだ」

「本当に?」

しつこく確認してくる少女に、ウォレスは肩を竦めた。

「嘘を吐いてもしょうがないだろ。本のある部屋まで鏡を持って行ってもいいけど、重そうだし階段を下らなきゃいけないし、出来れば勘弁してほしい。途中で落として割りそうだ」

少女はしばらくウォレスの目をじっと見つめていたが、やがてゆっくりと息を吐き出した。

「私、最果ての図書館って、てっきり空想上のものだと思ってたわ」

「あんたがどこに住んでいる人間かは知らないけど、このパライナで生きているなら、多分存在していると思う」

「………私はルチア。ルチア・ホワイトよ。フレイラの町に住んでるの」

意を決したのか、少女はそっと名乗った。

「フレイラ……？」

「はじまりの町って言った方が、わかりやすいかも」

「はじまりの、町……」

「知らないの？　最果ての図書館の館長っていうから、博識なのかと思ったけど」

ルチアは、不思議そうな顔をした。

「本はあんまり好きじゃないんだ……でも多分、名前は知ってる」

ウォレスは憮然と答えた。正確に言えば本が嫌いなわけではなく、図書館が嫌いなわけだが。

ただ、整然と羅列された背表紙にはうんざりしていた。

はじまりの町。魔物たちの会話に何度か出てきたような気もする。目を閉じて、パライナの地図を思い浮かべてみる。確かディネマ大陸の南、ルヴァ地方の南東に位置する、歴史ある小さな町だ。

最果ての図書館とは、対極にあると言っていい。

図書館の中とは違い、今は暖かな風が吹いているだろう。

なんでそんな場所とこの場所が繋がったのだろうか。ウォレスが首を捻る隣で、少女は薄ら笑いを浮かべて、コホンとひとつ咳をした。

「ちょっと親近感が湧いたわ……いいよ、教えてあげる。なんではじまりの町かと言うとね、まず、この町は小さいけど流通の便がよくて、比較的物価が安いの。そして周辺に、凶暴な魔物があまり出ない。だから強力で熟練の技が必要な武器より、素人にも扱いやすくて安価な武器や防具、魔法道具の類が好まれ作られる。つまり、そういった武器でも倒せる魔物しかいないのよ。そんなわけで、駆け出しの騎士様や冒険者、旅人や賞金稼ぎたちが、必ず初期に立ち寄る町と言われているの」

　物知り顔で披露するルチアの話を止めるのも面倒くさいので、ウォレスは大人しく聞いて、最後に簡潔にまとめた。

「つまり、彼らにとってフレイラは、まさにはじまりの町なわけだ」

「その通り。でもね、他にも謂れがあるのよ。『光の勇者』の物語くらいは知っているでしょ？」

「それくらいなら……勇者が魔王を倒す物語だろ？」

　むかしむかし、で始まる典型的な昔話だ。魔王に支配された世界を、光る剣を持った青年が救う物語だ。目録を作る際、あまりにも度々魔物たちが仕入れてくるので、気になってページを捲ったことがある。

「すごく要約すればそんな感じね。その光の勇者様を筆頭に、多くの英雄がこの町の出身なの」

　誇らしげに、ルチアが胸を張った。なるほど、それではじまりの町か。どうりで魔物たちの話によく出てくるはずだ。ウォレスは納得した。

そして自己紹介も終わった。

「つまり、なんらかの影響で、最果ての図書館と、はじまりの町が鏡越しに繋がったわけだ」

「そうみたいね」

「なんでそんな所にある鏡と、この鏡が繋がったんだ……」

ウォレスは鏡を見た。確かについさっきまでは、何の変哲もない鏡だった。

「こんなことは初めて？」

「当たり前だ。日常茶飯事だったら、あんなに驚くわけないだろ」

「それもそうね」

ルチアが素直に頷いた。

「それより、そっちこそ、何か変わったことはしてないのか？」

名前と、フレイラに住んでいるのはわかったが、まだ情報が少なすぎた。案外、この少女がなにかしでかしたのかもしれない。

「私はあなたみたいに、すごい肩書きを持っていないの」

「普段は何をしているんだ？」

「魔法石屋で働いてる」

「ということは、魔女か？」

ウォレスはルチアをまじまじと見た。

魔法は、生まれつき魔力を持ったものしか使えない。しかも、魔力の種類も人によって様々だ。魔力を持たない者は、魔法石と呼ばれる魔女が魔力を込めて作った特殊な石を使用することでしか、魔法を扱うことが出来ない。そのため町に暮らす魔女の大部分が、魔法石屋を生業にしていた。つまり彼女も魔女ということになる。

言わんとすることがわかったのだろう、ルチアが困り顔で、否定する。

「確かに少しは魔力を持っているけど、住み込みで働いているだけの魔女見習いなの。こんなすごいことが出来そうな魔法なんて、習得してないわ」

鏡からおかしな魔力は感じない。ルチアの言った通りのようだ。

「あんたの後ろも倉庫みたいだけど、何をしていたんだ？」

ウォレスが尋ねると、ルチアはバツの悪そうな顔をした。

しばらく、あーだとかうーだとか小声で唸っていたが、

「誰にも言わない？」

「言う相手がいない」

「友達いないの？」

今度はウォレスが唸った。ルチアにとっては何気ない会話の延長線上でも、彼にとっては心を抉るような質問だった。痛んだ心を守るように、背中が曲がる。

「誰もいないんだ」

「図書館に？」

「うん……、あー……、ひとりいるけど、友人じゃあ、ないな」

もちろん、リィリのことである。

「ふーん？」

それは寂しいね、とルチアが呟いた。

初めての同情に、ウォレスはどう答えていいかわからない。

「それより、誰にも言わないから、さっきの話の続きを……」

ルチアは思い出したように頷いて、目だけで周囲を窺った。どこか緊迫した様子に、知らずウォレスの身にも力が入る。

「逃げてるの」

そう小声で言った。

「えっ、追われてるのか⁉」

ルチアが神妙な面持ちで頷いた。それならばこんな場所で油を売っていていいのか。

突然の切迫した空気に、ウォレスは慌てた。

「誰に追われているんだ？」

「…………師匠に」

「……師匠？」

魔女見習いのルチアが師匠と呼ぶのだから、恐らく魔法石屋の店主のことだろう。しかしなぜ己の師匠から逃げているのか。

しばらく沈黙が続いたが、ルチアのため息がそれに終止符を打った。

「ばれたの……薬草を摘みに、近くの森に行ってたんだけどね……お昼寝してさぼってたのが、ばれたの。あそこなら絶対にばれないと思ったのに。きっと近所の子供たちだわ、告げ口したの。あの子たち、危ないって言ってるのに、また森で遊んでたのよ」

一気に緊張感がなくなった。

しかもルチアの言葉から、なんとなく常習犯であることが伝わった。

「怒られて来いよ……」

白けた雰囲気を察したのだろう、ルチアは目を逸らした。

「い、行くよ？　師匠の機嫌が……もう少しよくなった、ら……」

「待てば待つほど、機嫌は悪くなるんじゃないのか？」

少女の目が泳ぐ。

「う……だってうちの師匠怖いのよ？　容赦ないし。しかも宮廷魔女としても通用するくらいの魔力を持っているの。そのせいか、立っているだけでもやたら威圧感あるのよね」

「どうしたって逃れられないじゃないか」

「う……そ、そういえば、この鏡って、通り抜けられるのかしら？」

話題を逸らすように、しかし口に出したことで本当の疑問になったようで、ルチアは恐る恐る鏡に顔を近づけた。だが、触ることはしない。

「まさか、鏡は鏡だろ?」

そう言いながら、ウォレスは鏡に触れてみた。少しだけ期待しながら。

「もし通り抜けられるようなら、少し匿ってもらおうかと思ったけど」

「無理みたいだな」

伸ばした指先は、冷たい壁に阻まれ、それ以上先に進もうとはしなかった。

「なんだか鏡越しっていうより、硝子越しみたい」

ウォレスが触ったのを見て安心したのか、ルチアも鏡に触れた。ウォレスからは、鏡に引っ付けたルチアの指の腹が見えた。

その指先に合わせるように、ウォレスももう一度鏡に触れてみたが、当然ながら感触はただの鏡だ。

「割るのは止めておいた方がよさそうだな」

「そうだね。原因はわからないけど、とにかく面白いね」

その時。好奇心でいっぱいだったルチアの顔が、凍りつく。何事かと思ったが、遠くの方で彼女の名を呼ぶ声が、ウォレスの耳にも入った。

「ルチアー!　この怠け者!　どこにいるんだい!」

どうやら声の主は怒っている。そしてルチアの表情は徐々に諦めたものに変わっていった。

「あれが噂の師匠か？」

「……うん」

「かなりご立腹みたいだぞ？」

「…………」

ルチアは答えなかったが、やがてしぶしぶ頷いた。

決心が付いたのか、背筋を伸ばして、しかし思い出したように鏡に触れた。

「これってずっと繋がったままなのかな？　また会ってくれる？」

その言葉に、ウォレスの胸は高鳴った。

鏡越しだとしても、友人が出来るかもしれない。渇望していた居場所や存在意義が、手に入るかもしれない。高鳴る鼓動が、ルチアに聞こえてしまわないか心配になりながら、何気なく返事をする。

「ああ、そうだな。原因も気になるしな。次はいつここに来れるんだ？」

「明日も来れるよ。罰として工房の整理をさせられるだろうから、夕方になると思うけど。残念ながら終わるまで工房に鍵かけられちゃうから、抜け出せないんだよね。頑張って終わらせるから、待ってて」

「抜け出すから鍵をかけられるんだろ」

「一度だけだよ。仲良しの馬が仔馬を産んだって聞いたら、見に行きたくなるでしょ？」

ウォレスは呆れながら、塔の窓を見る。まだ陽は高い。この現象が、時間経過によるものなら、夕方では会えないかもしれない。

「この時間じゃないと、鏡のままかもしれない」

「じゃあこうしましょう、もし明日会えなかったら、あさってはこの時間に来てみる。それでいいかしら？」

「いいよ、こっちはだいたい暇なんだ」

もしかしたらもう二度と会えなくなるかもしれない。

鏡がこうなった原因がわからないからだ。今回だけかもしれない。そうだとしたら、どれほど悲しくなるのか。知らなければそれでもよかった。知ってしまえば、初めて甘味を与えられた子供のように、何度も欲しくなってしまうに違いない。

そう思う反面、ウォレスはなんとなく大丈夫だろうとも思っていた。ただの期待かもしれなかったが、少なくともこれで終わりのような気がしない。普通に遊んで、また明日と手を振る子供のような心境だった。明日急に会えなくなるなど、万が一にも考えたりしない。

そしてそれは、ルチアも同じらしい。不安の色は見えない。彼女の場合は、もう会えなくても構わないと思っているだけかもしれなかったが。

「それじゃあ、私、もう行くね」

「じゃあ、しっかり怒られて来なさい」

「はいはい、わかりました。明日、ちゃんと慰めてね？」

悪戯（いたずら）っ子のように、ルチアが笑った。

「会えたらな」

「会えるよ！」

自信満々なルチアに、ウォレスはぎこちなく口角を上げてみたのだった。

＊

「俺たち二人が同時に鏡の映る範囲に立っている時だけ、鏡同士が繋（つな）がるらしいな」

「みたいね」

出会った日の翌日、ルチアの宣言通りに、二人は鏡越しの再会を果たした。

ウォレスは言葉にこそしなかったが、それはこの上なく喜ばしいことだった。

それから数日。

この不思議な距離感にも少し慣れた頃。二人は今日も、鏡を挟んで会話していた。

今では、世間話をする間柄になっている。といっても、話題を提供するのは大抵ルチアの方だったが。ウォレスはそれで満足だった。

　ルチアと話すことは、とても楽しかった。

「私ね、本を読んだり、勉強したりするのは苦手だけど、自然の声を聴くのは得意なの」

　少しでも居心地をよくしようと、先日持ってきた大量の藁に腰をおろして、ルチアが言った。胸には、お気に入りだというクッションを抱いている。

「そういえば、俺が本は好きじゃないって言った時、親近感が湧くとか言ってたな」

「うん。あなたが堅苦しい話しかしない人じゃなくて、本当によかったわ」

　ルチアが笑って言った。この少女は、よく笑う。

「魔女は勤勉なものじゃないのか？」

「全員が全員じゃないでしょ？　それに、魔法は自然を操る力だもの。自然の声を聴くっていうのは、とってもとっても大事なことなのよ」

「例えばどんな声が？」

　興味をそそられて聞いてみれば、ルチアは得意げに説明してくれた。

「やっぱり動物の声が一番聞き取りやすいかしら。木や花は、私たちとは少し違うからちょっと難しいの。動物、それも人間の近くにいる犬や猫、他にも牛や羊なんかは欲求が人間と似ているから、簡単。お腹空いたとか、眠たいとか」

「でもそれって、犬猫を飼っている人間とか、牧畜をやっている人間なら、だいたいわかるんじゃないか？」

それは魔法ではないような気がする。

「もちろんそれだけじゃないのよ。一番相性がいいのは、鳥たちなんだけど……、あの子たちはお喋り(しゃべ)だから。森に行くと、必ず何か話をしてくれるの」

「へえ、子守唄とか？」

「あ、あれ以来お昼寝してないよ……」

ウォレスの皮肉に、ルチアが顔を赤くして言い返した。

結局、あの後たっぷりと説教されたらしく、一応反省しているらしい。

「まあ、俺だって昼寝くらいするし、それを見て怒る人間がいるかいないかの違いさ。別に眠くなるのは悪いことじゃない」

からかってばかりではかわいそうなので、少しだけ擁護(ようご)すると、

「そうだね、次は見つからないようにする！」

途端(とたん)にルチアの目が輝いた。

「…………ほどほどにな」

「うん！」

何日か話していて気付いたことは、この少女は案外調子がいいということだ。友人も多いようであったし、話題には事欠かない。ウォレスとは正反対と言えた。だからこそこんな奇妙な状況でも、ウォレスと仲良くしてくれるのだろう。

「そういえば、明日は来られないかもしれないの」

明るかったルチアの表情が、一転して曇る。

「それは仕方ないけど、なにかあるのか？」

「今まで私たちの町にはあまり影響がなかったんだけど、最近町の西側にある、白妙の森が荒れているの。森の浅い場所で仕事をしていた木こりのビルがね、魔物に襲われて……命に別状はなかったけど、師匠が明日森の様子を見に行くから、店の留守番をしておきなさいって」

そういった類の情報は、最近図書館の魔物たちがよく噂をしていたので、ウォレスの耳にも入っていた。

「……魔王の影響か？」

ルチアが頷く。

「そう、やっぱりあなたも知っているのね。魔王が現れて数年経つし、知らないほうがおかしいか……。最近じゃあ、魔王が住むお城の周辺以外にも悪影響が出ているみたいよ。フレイラは魔王のいる場所からかなり離れているけど、それでも最近はこんな状態。怪我人が出てからは、さすがに子供たちも森に入らなくなった。みんな怯えているわ」

魔王は突如として現れた。

そのとてつもない魔力を武器に、北の果てにある古城を陣取り、治めた。彼は人間たちを憎み、パライナを憎んだ。

最初はただの黒い点だった。しかしその点はやがて黒い円になり、今ではパライナ全土を覆うほど巨大な物になっていた。今まで大人しかった魔物たちも、魔王の魔力にあてられて、人を襲うようになった。

魔物とは本来、人間と対立すべきものであり、人間が侵してはならない領域に存在する、生態系が異なる生き物たちの総称である。意思を持った《空間》が自己防衛のために魔物を生み出す。そのため、ほとんどの魔物は人間に攻撃的ではあるのだが、近年はその《空間》を飛び出してまで人間を襲うというのだ。明らかにおかしかった。

「魔物が持ち場を離れれば、その場所は荒れる。荒れればその場所も朽ちたり攻撃的になったりする。最近、自然災害が増えていると聞くな」

「うちも実りが悪くて……それだけで済んでいるからまだいいけど、北の方は本当にひどいみたい。勇敢な騎士様や討伐隊がお城に向かったって話は噂で耳にするけど、帰って来たって話はひとつも聞かないもの」

いつも明るいルチアが、悲しげにうつむいた。本当に心を痛めているのだろう。

しかしウォレスは、同情出来る立場ではなかった。

「あなたは大丈夫なの？　最果ての図書館って、北にあるんじゃなかった？」

ルチアが心配そうに尋ねた。

「確かに北だけど、ここの魔物たちは少し特殊だから、あまり影響を受けないみたいなんだ」

「特殊？」

　ウォレスは、鏡から目を逸らして、部屋の薄暗がりを見た。

「図書館は本を保管する場所だろ？　そして本は、人によって書かれたものだ。つまり、人の想いが強い場所なんだよ。ここの魔物たちは、そんな場所から生まれたせいか、ほかの場所の魔物より、頭がいいし、集団で生活しているし、人に興味があるし……それに悪知恵も働く」

「人間臭いのね」

「悪い意味でな」

「仲良くなれないの？」

「まさか。人間臭くても、やっぱり彼らは魔物だよ」

「ふうん？」

　そうかしら、ルチアが呟いた。納得していないようだ。

「それに、この場所自体も結界が張られているから、まあ、当分魔王の配下に置かれる心配はないだろうな」

「へー、すごいのね」

　素直に感心された。

　しかし、ウォレスの心臓は、針に刺されたように痛んだ。

　確かにここの魔物たちは特殊で、ウォレスを襲うようなことはしないだろう。結界が張られているのも事実。簡単に攻め入られるほど、この図書館もウォレスも弱くなかった。この《空間》が持つ力は、とても強い。

だが、それだけではなかった。この図書館は、中立の立場なのだ。魔王に手を貸すつもりはないが、だからと言って、人間たちに手を貸すつもりもない。

なるほどここの図書館には、打倒魔王を示唆するような本がある。しかしおいそれと人間にそれを教えることはしなかった。それを教えることは、魔王を敵にまわすことを意味する。魔王との無謀な争いは避けたい。これは図書館の意思。ウォレスはそう汲み取っていた。そして恐らく、魔王も。

お互いがお互いを軽く凌駕するような力を持っていない。争えば、双方がかなりの打撃をくらう。だから、お互いに干渉しない。そうした暗黙の協定があった。

この図書館は特別だ。

上手く立ちまわる姿は人間のようであったが、人間のために存在するわけでもない。ただ存在するのが、この《空間》の存在理由だった。

ウォレスはそれを、ルチアに言うつもりはなかった。人によっては、裏切りだと感じるだろう。ルチアは優しい。だからこそ、困窮している人々を放っておくことを許さないに違いない。軽蔑されるかもしれない。

そして最も困ったことに、ウォレス自身が、図書館の意思に反発しようとは思わなかった。

中立なら中立でいいと思っていた。余計なことなど、自分たちがする必要はない。

しかし、ルチアに幻滅されたくはなかった。

「もしルチアが図書館に来ることがあれば、俺の友人として、特別待遇してやるよ」

「行けると思ってる？」

「全然」

ルチアの眉間に皺がよる。

「あなたって、時々意地悪よね」

ウォレスは笑った。ルチアと会う前は笑ったことなどなかったのに、一度笑ってみれば、すぐに笑えるようになった。まるで笑い方を知っていたかのように。

それでも、中立の立場を動く気はなかった。

まるで魔物たちのような考え方だ。もし世界が闇に包まれて、ルチアが危ない目に遭ったなら、図書館に吹き抜ける風のような冷たいこの考えは変わるのだろうか。ウォレスは笑ったまま、ふとそんなことを思った。

＊

「聞いて！　すごいのよ、ウォレス！」

鏡の前に立って早々、ルチアは興奮気味に言った。

「落ち着け、まず水でも一杯飲んで、な？」

約束の時間よりずいぶん早く来ていたウォレスは、机に置いてあった水差しからカップに水を注ぎ、ルチアに差し出した。

「ありがと、気持ちだけもらっとくね。それをこっちに向けても、私は受け取れないのよ」

そんなことは百も承知だ。ウォレスは自分で水を飲んだ。

「落ち着いたか？」

「ええ」

水を飲む代わりに藁にどっかり腰を下ろし、ルチアは息を吐き出した。走って来たのか、その頬は李のように赤く、額にはじんわり汗が滲んでいる。

「それで、どうしたんだ？」

ルチアが落ち着いたところを見計らって、話をうながす。

「そう、神託、神託があったの！」

「神託？」

間抜けな顔をしていたのだろう、ルチアも釣られてきょとんとして、

「あ、ごめんね。わからないよね。えーっと、この町から何人も英雄が出ているのは、前に話したよね？」

説明を始めた。

「光の勇者さまだろ？」

「そうそう」

「それに王都アネットの現騎士団団長オルカ・メイナードも、商家の娘ながらリンドクラートとの野戦で指揮をとり見事勝利に導いたと言われるバーバラ・フリーデルも、それから——」

ルチアが目を丸くした。

「ちょ、ちょっと待って」

「間違ってたか？」

「間違ってないけど、どうしたの、急にそんなに詳しくなっちゃって」

「調べた」

簡潔かつ明瞭に答える。ルチアと出会った時、はじまりの町についてろくに知らなかったことが、なんとなく悔しかったということは黙っておく。

「そうなの？　うん、合ってるんだけど。光の勇者様もそう。それでね、光の勇者様も含めて、偉人が現れた時は必ず、現れますよーって、教会にお告げがあるの！」

彼女の言う通りの神託なら、ずいぶん間延びした神託である。

「つまり、新しい勇者さまとやらが現れたのか？」

「正解！」

ぴんぽん、とよくわからない効果音を自身で付けながら、ルチアがはしゃいだように言った。よほど嬉しいのだろう。藁から弾かれるように立ち上がった。

「それはすごい。よかったな」

特に感激するわけでもなく、ウォレスは言った。問題なのは勇者が現れることではなく、ルチアが喜んでいるかどうかだった。

「でしょ？　じつは私、その勇者様にもう会ったのよ。正義感の強そうな、だけど穏やかな男の子でね、可愛い魔導士の女の子と一緒に、東の方にある村から旅をして来たみたい。私から見ても、とても勇者様に相応しいと思う。腰に使い古した剣を差していたし、きっと腕もそれなりに立つわ。昨日店番していた時に、魔法石を買いに来たの」

「魔導士がいるのにか？」

魔導士なら、魔法石なしで何かしらの術が使えるはずだ。

「ああ、その子、水魔法が得意らしいんだけど、フレイラ周辺は、炎の魔法が効く魔物が多いから、買いに来たみたい。それにうちの店、薬草とかも売ってるし」

「なるほど」

「これでやっと希望が見えた、んだけど……」

今までの勢いは何処へ行ったのか、急に言葉が尻すぼみになった。叱られた子犬のようにしゅんとして、藁の上にゆっくりと腰掛けてしまう。

「何か問題でもあったのか？」

「神託を認めない反発派が多いの。勇者様がとても優しそうなのがいけないみたい。虫も殺せなさそうな軟弱な奴が、勇者のはずがないって。みんなこの前の一件で神経質になってるのよ。でね、それを聞いたのかどうなのか勇者様も謙虚な方で、自分は勇者なんかじゃありませんって言い始めちゃって。かろうじて神官様が説得して、まだ町にはいてもらってるんだけど」

それは謙虚と言うより、ただ嫌がっているだけではないのか。

何の変哲もない平凡な少年が、いきなり世界の命運を託されたら、よほどの豪傑ではない限り辞退したくもなるだろう。

しかもそんな嘘くさい神託とやらのお墨付きだけで、命の保証はどこにもない。ウォレスはその少年に同情したが、口にはしなかった。これ以上ルチアを落胆させる気はない。

「でも神託って、予言みたいなものだろ。別にそこで謙遜していても、旅をしている内にいつの間にか世界を救っちゃってました―、みたいになるんじゃないのか？」

ウォレスとしては、慰めるつもりで言ったのだが、

「世界を救うって、そんなに簡単じゃないのよ！　光の勇者様みたいに、固い決意と、つらい旅でもくじけない不屈の精神がなきゃ、世界なんて救えない！」

怒られた。

「でも、本人が頷かない限り、どうしようもないだろ」

「そうなんだけど、まだ問題が……」

歯切れの悪そうな言い方。

「？」

「勇者様本物説肯定派の方がね、強硬手段に出るかもしれない……町の人が噂してたの」

「つまり？」

ウォレスはなんとなく先が読めた。

「魔導士の子を人質に取って、勇者様を無理やり魔王の元に行かせよう、って話」

「うわあ………」

思わず引いた声を出す。えげつない話ではないか。言い換えれば、それほど切羽詰まった状況と言えなくもないが。

「そんなのあんまりでしょ、ひどすぎる！　そんな卑怯な手で旅立たせても、上手くいくわけないもん！」

ルチアは力説する。最悪の場面を想像してしまったのか、涙目だ。

「なな、泣くな、よ」

狼狽えて、情けない声が出てしまった。

「泣いてない。泣いててもしょうがないわ。それより、ウォレス、あなた良い案ないの？」

ルチアはころりと表情を変え、期待に満ちた目をウォレスに向けた。

「……なんで俺に聞くんだよ」

「だって、なんでも知ってそうじゃない。最果ての図書館の、館長さんなんでしょ？」

むぅっとウォレスを睨めつけながら、やはり声にはどこか期待がこもっている。

「まさか、買い被りすぎだ」

「そんなこと言わずなんとか考えてよ。私より絶対頭いいんだから」

「まあ、頭は……」

「そこは謙遜するところでしょ！」

冗談を言いながらも、ウォレスは考える。

心の隅にある罪悪感を拭うには、いい機会なのではないか。ルチアに助言を与える程度ならば、中立の立場を崩すようなことにはならないだろう。そもそも、いい考えが浮かばなくて元々なのだ。考えるくらい、暇な自分には面倒でもない。ウォレスは、我ながら低劣な考えだと思ったが、偽善でもルチアが喜ぶなら、それでもいいかと思い直した。

「勇者さまたちはいつまでいるんだ？」

「あさってには旅立つって言ってた」

「ってことは、明日までには何かしら策を考えないといけないのか」

しかし勇者は早くこの町から出たいだろうし、肯定派が本当になにかしでかしてしまうかもしれない。つまり、出来るだけ早く手を打たなければならない。

「考えてくれるの？」

途端、ルチアの瞳が輝きを増した。現金な奴だなと、苦笑する。

「期待するなよ。それに、そっちも情報収集しておいてくれ」

「わかった。確か勇者様はベーレンズさんの宿屋に泊っているはずだから、しっかり見張っておきます」

「それと、次は明朝に集合な」

現在、日が沈みそうな時刻だ。一刻の猶予もない。今夜は徹夜かもしれない。ウォレスは喜んでいるルチアにばれないように、こっそりとため息を吐いた。

「ありがとう、ウォレス。あなたがいてくれて、本当によかった」

ただし、満更でもないのだった。

*

「おい、館長が本を読んでるぜ」「ほんと、珍しいわね」「調べ物か？　色んな文献を漁っているみたいだけど」「この前も読んでたってば」「吾輩に聞けばなんでも教えてやるのに」「どうしたどうした？」「館長が本を読んでいるのよ」「な、なんだって！」「そう言ってやるなよ、館長だって、わけもなく本を読みたい気分の時だってあるさ」

「うるっさいぞ、お前ら！　さっきから聞こえてるんだよ！」

背後からの声に、ウォレスは思わず怒鳴った。

集中しているところに、珍獣でも見るように群がられ、しかも騒がれれば、文句のひとつも言いたくなるというものだ。本を読んでいるだけで、なぜこんなに騒がれなければならないのか。見世物小屋の猿は、こんな気分かもしれない。

興味津々で覗き込んでいた魔物たちは、うわー、館長が怒ったー、などと呑気に言いながらも、散り散りに逃げていく。

「ったく……」

完全に気配が消えたところで、ウォレスは再び本に目を落とした。

ウォレスは、本館内部にある、連なる小部屋の一室にいた。小部屋といっても天井は高く、圧迫感はない。扉と平行に並んだ長方形の机が六脚、椅子が二十四脚、それぞれゆったりと間をあけて置かれていた。壁際には本がびっしりと詰まっている。勉強や調べ物をするには、丁度良い場所だ。そういった小部屋が、この図書館にはおおよそ百以上もあった。好きなだけ調べ物をしてくださいと言わんばかりだ。ろくに来館者は来ないにも関わらず、である。

そんな部屋の隅に腰掛け、ウォレスは唸っていた。

ルチアに勇者を勇者として旅立たせる方法を考えてほしいと頼まれた夜。ウォレスは考えていた。しかし役に立ちそうな知恵を持っていない。人付き合いの経験自体が皆無なのだから、当然と言えば当然だった。あるのは砂粒ほどしかない己の経験と、世界中から集められた膨大な知識だけだ。

「光の勇者さまは、偉大だなあ」

感嘆と呆れが混じったような言い方をした。

ウォレスの目の前には、『光の勇者』が書かれた本が山のように置かれている。

パライナに生きる人間なら、大抵は知っている有名な物語。史実らしいが、もう物語や神話と呼ばれるほど昔の話だ。その当時も今のような魔王がいて、その闇の魔王を、光の勇者が倒した。全ての物語の基盤になりそうな、ありふれたものである。

最果ての図書館にも、単純な物語で改作し易いのか、色んな作家や詩人が書いた作品が、少なくとも百冊はあった。

それらを一通り、旅立ちの部分を重点的に読み漁った。同じような境遇の勇者であれば、同じような苦悩と旅立ちを経験しているかもしれない。それを参考にしようと思ったのだ。しかし、驚くほどに光の勇者は潔かった。彼はどの本でも、剣を掲げて、颯爽と魔王に戦いを挑みに行った。一冊くらい、勇者が旅に出たくないと駄々をこねる話があってもいいではないか。何かしら糸口でも見つかるかと思ったが、まるで参考にならない。

「というかこれ、物語としても面白くないだろ」

迷わず、戸惑いもしない人間は、果たして人間なのだろうか。確かに光の勇者を神の使い、または神そのものとして扱う本も、少なくない。しかしそれでは、ますます参考にならない。

今回の勇者は、恐らく人間だろう。人間だとしたら、どうすれば動き出すのか。

「脅す……は、論外だな。そんなことすれば、町の連中と一緒だ。じゃあ物で釣る、煽てる……どれもしっくり来ないな………いっそのこと、魔導士の方を説得するとか。いやでもなんて言って？　そもそも、勇者も魔導士も、どういう人間か全くわからないんだから、どの手段が有効かなんてわかるはずないだろ……」

ウォレスがぶつぶつと呟いていると、

「失礼します」

「おわっ」

背後から声をかけられ、ウォレスは座っていた椅子を大きく揺らした。

振り向くと、リィリがいた。細い腕で何冊もの本を抱えたまま、微動だにしない。彼女は見た目に反して力持ちだ。

「マスター、言われていた本をお持ちしました」

「ああ、ありがとう。そっちの本は、書架に戻しておいてくれ。伝記の三番。七段目だ」

リィリから本を受け取りながら、元々机の上に載っていた本を指した。

「はい。他に御用は？」

「もうない。戻っていいぞ」

「はい、失礼します」

「……あ、やっぱりちょっと待ってくれ」

机上の本を抱え、部屋から出て行こうとするリィリを、ふとした思い付きで呼び止めた。リィリは呼ばれた直後にぴたりと動きを止めて振り向いた。不満そうな表情は、一切ない。

「何でしょうか？」

「リィリは、やりたくないことをしなきゃいけない時、どうすれば動く？」

「マスターがご命令下されば、リィリは動きます」

即答だった。

「そ、そうか……それじゃあ、やりたくないって言っている人を、動かすなら？」

今度はすぐに返事は来なかった。リィリは首を傾げて、考えたままだ。しかしウォレスの質問に対して、何も答えないという選択肢はないらしい。

「……飴を与えるか、鞭を与えるか。リィリは動かしたい人間に有効な方を選びます」

今度は割とまともな答えが返ってきた。

「飴と鞭か……でも、出来ることなら自ら進んで動くようにしたいんだ」

「でしたら、飴の方かと思います」

「褒美は何が適当だと思う？」

空を見つめるような動作をして、リィリはしばらく間を置いた。考えてくれているらしい。

しかしこの物欲が全くなさそうな少女に聞くのは、酷かもしれない。ウォレスはそう考えて、話を切り上げようとした時、リィリは主人の方を見た。

「目に見えないものの方が、長続きすると思います」

「目に見えないもの？」

「はい。形があるものは、壊れやすいですから」

リィリにしては、曖昧な言い方だった。

ウォレスは顎に手を当てながら、リィリの言葉を頭の中で反復した。

目に見えないもの。

名声の類だろうか。ルチアが、勇者は正義感が強そうだと言っていたのを思い出す。それならば名声よりも、自尊心と使命感を与えた方がいいかもしれない。光の勇者のように。では、それをどこから出させるべきか。打倒魔王の旅へ出るしかないほど、雁字搦めに出来るような使命感とは。

「確か、勇者は東の方から旅をして来たと言っていたな。ということは、まだ被害の少ない地域か……」

迷っていても仕方がない。時間がないのだ。

「ゆうしゃ？　たび？」

初めて聞く単語のように、リィリが聞き返す。

「いや、なんでもない。それより悪いけど、また調べ物をするから席を外してほしい」

「はい、マスター」

ウォレスが言葉を濁すと、リィリはそれ以上追及することはせず、抱えた本に頭をぶつけるのではないかと心配になるほど深く一礼して、部屋を出て行った。

「えっと、今リィリが持ってきてくれた本の中に、フレイラの情報が書いてある本も頼んでおいたはずだけど……………お、あったあった」

いつもはただの背景である本たちも、今はありがたかった。

「…………出来ないこともないか」

ウォレスは、地理や歴史など、とにかくフレイラに関する文献を手当たり次第漁り始めた。

時間はないが、下調べは綿密にしなければならない。蠟燭の灯りを頼りに、集中する。

こうして、夜は更けていった。

*

時間になって鏡の前に立った時も、ウォレスは大あくびを隠そうともしなかった。

「一晩でずいぶんやつれたね。隈、すごいよ」

ルチアが茶化す。

「誰のせいだ、誰の」

「誰だろう？」

「おい」

「嘘だよ。ありがとう」

ウォレスがじとりと睨むと、ルチアは微笑んだ。ルチアの目の下にも、薄く隈が出来ていた。

「はあ……ふざけてる場合じゃないんだろ。作戦会議だ」

「良い案は浮かんだ？　こっちの状況は変わってないよ」

「一応浮かんだけど、良い案かはわからない。謙遜じゃないんだ。上手くいく保証なんてない。でもやってみるしかない。それでいいか？」

返ってきたのは、真剣な眼差しと、頷きだった。

「十分だよ。私は何をすればいいの？　何でもするよ」

「それより、ひとつ質問させてくれ。戦闘経験はあるか？」

ルチアはウォレスの意図することを読み取れず戸惑ったようだったが、ひとまず指先をくるくるまわしてみせた。人差し指に夕焼け色のやわい魔力が灯る。ほわりと辺りを照らす、優しい色だった。

「あるわ。けど、フレイラ周辺の魔物としかないし、実戦経験も少ないけど。私、火の魔法は比較的得意なの。師匠にも戦闘実技だけは褒められた」

つまり他は駄目だったようだ。

「じゃあ、ルチアが守れそうな範囲の子供を連れて、白妙の森に行くんだ」

ルチアが、驚きの声を上げる。

「えっ、危ないじゃない。あそこに住む魔物は、凶暴化したって……」

夜が明けきっていない時間帯のためか、はたまたその場の雰囲気からか、ルチアは声を抑えながらも、はっきりと抗議した。

「だからだよ。危ない場所に行って、危ない目に遭うんだ。そこを勇者に助けてもらうように御膳立てする」

「それで、どうなるの？」

ルチアは喉に何か詰まったような顔をして言った。

「その二人組は東から来たんだろ？　東の方は、まだまだ魔王の被害が薄い。ということは、魔王の存在が、現実味をおびていないと思うんだ。そこに、現在の状況を目の当たりにさせる。勇者さまとやらは、正義感が強そうなんだったな？」

「う、うん。困った人を放っておけなさそうな人だと思う……けど」

勇者の姿を思い出すようにして言ったルチアに、ウォレスも結論から言うことにした。

「そこに付け込めば、勇者は今の悲惨な状況を見て、自分がなんとかしなくてはいけないと、旅立つ決意をする。魔物を倒した高揚感も相まって、自分なら出来るような気がしてくる。しかも、弱き誰かを助けることで、反発派を含めた町の連中の尊敬を一身に受けさせるんだ。それには、子供がうってつけだ。あの人が、町の子供たちを救ってくれた、あの人こそが勇者さまなんだと、町中で噂されるくらいに。そしたら、決心が付きやすくなるし、使命感も俄然出てくる。なんせ四方が固まるわけだからな。武器は持っているようだし、仲間もいる。万が一その勇者の剣の腕がへっぽこでも、フレイラ周辺の魔物なら大丈夫だろう。それでも負けるようなら、まあ勇者業は無理だろうな。神託がでたらめだったと思うしかない」

あえて断言するように、力強く説明してみせる。計画を実行に移すためには、ルチアに上手くいくと信じ込ませなければならないからだ。

当の本人は、単純なのか、ウォレスの説明を感心したように聞いていたが、

「…………ちょっと待って、それってつまり私が悪者じゃない」

嫌な部分に気付いてしまったようだ。

「確実にお師匠さまの雷は落ちるだろうな。まあ適当に理由を付けて子供たちを連れだしてくれ。くれぐれも誘拐犯にはならないようにな」

「うー……この間怒られたばっかりなのに」

「さっき何でもするって言ったな？」

「うっ」

「勇者さまに勇者として旅立ってほしいんだろ？」

「ううっ」

この言葉に、不本意ながらもルチアの心は決まったらしい。

「それで、子供たちは連れて行けそうか？」

「大丈夫だと思う。近所の子供たちとは仲がいいから、度胸試しとでも言えば、男の子は付いてきそう。それか、どうしても欲しい薬草があるから付いてきてほしいとか。とにかく、その辺はどうにでもなるわ」

ウォレスは下知するように言った。

「いいか、自分が動ける範囲の人数で行くんだぞ。どれくらい魔物が凶暴化しているか、俺にはわからない。しかも、勇者が来るまで足止めしていないといけない。こんな提案をした俺が言うのもなんだけど、不幸な事態にならないようにしてくれよ」

「うん。子供たちには絶対危害がいかないようにする」

「自分にも、だ」

強く念を押す。

「心配してくれてありがとう。約束するよ」

嬉しそうに、ルチアが笑う。

「俺も罪悪感には苛まれたくないからな。それと、勇者に伝達させる係の子供を一人残しておけよ。ある程度時間が経ったら、友達が危険な森に入っていった、約束の時間になっても帰って来ない、危ない目に遭っているかもしれないと言えるような子供だ」

ルチアはしばらく、子供たちの顔を思い浮かべているようだったが、

「でも本当に勇者様が助けに来てくれるの？　いくらその子が勇者様に助けを求めても、この町は、騎士様や冒険者だって大勢いるのよ？　それに、子供たちがいなくなったって言えば、町の人たちだって大騒ぎすると思う。気付かれたら台無しになっちゃう」

「なに言ってるんだ。出来るだけ大騒ぎにするんだよ」

「あ、そうね、確かに大騒ぎになればなるほど、勇者様の偉業がそれだけ多くの人に伝わるのね。でもそれって、私の悪評もそれだけ広がるのよね。う、考えるとちょっと頭が痛い」

頭を抱え込みながら、ルチアが呟いた。

「ルチアの頭痛で世界が救われるなら安いもんだろ。大丈夫、まだあんたは子供だからで許されるぎりぎりの範囲にいる、多分」

おざなりに勇気づける。

「うう。この痛みがあなたに移るように、呪いをかけておくわ」

「やめろ。魔女の呪いなんて洒落にならない」

恨めし気な視線を手ではらって、ウォレスは話を続けた。

「それで、どうやって他の人間よりも先に勇者をルチアたちがいる場所まで向かわせるかって話だけど……」

「まさかパンくずでも撒いておけ、なんて言わないわよね？」

「言うわけないだろ。ところであんたは動物魔法が得意だったな」

「ええ、これに関しては右に出るものはいないと思っているわ」

ルチアが胸を張った。

これを機に、ウォレスも魔力に関して少々調べてみた。

一言に魔法と言っても、その魔力の種類や色は様々だ。パライナでは、四大元素を操る基本的な魔法から、空を飛んだり、瞬時的な《空間》の移動であったり、大よそ通常の人間では成し得ない事は全て魔法に分類される。中には、時を操ることの出来る魔女なんかもいるらしい。

そんな特殊な魔法は、魔女でさえ生まれ持った素質がなければ習得は難しいという。

動物魔法は生き物の声を聴くだけではなく、会話をしたり、指示したりすることが可能で、そこらの調教師など目ではない。これを使わない手はなかった。

「それなら、動物に指示することも出来るな。例えば、鳥とか」

少女の顔がぱっと明るくなった。

「わかった！　その鳥に、勇者様を道案内してくれるように頼めばいいのね！」

「ご名答。出来そうか？」

頭上にある小窓が、じんわりと明るくなってきた。

ウォレスは欠伸を噛み殺す。普段、夜更かしはしない。

「出来る。友達の小鳥が何羽かいるの。私も昔はよく白妙の森に入って遊んだから、土地勘もあるし。その子たちなら、かなり細かく指示が出せるわ」

「小鳥にまで友達がいるのか」

噛み殺せなかった欠伸が、口端に残ってむずむずする。

「大丈夫。あなたを上回るほどの奇抜な友達はいないから」

どの辺が大丈夫なのだろうか。そう聞き返したくなったが、眠さに負けて無視した。

「まあいいや、その友達の小鳥とやらへの指示は、ルチアに任せる。それから、動物魔法だけど、たとえば、竜も操れたりするのか？」

「竜？」

「白妙の森に封印されし竜。あんたの大好きな光の勇者さまが、当時悪さをしていた竜と闘い、白妙の森のどこかに封印したらしい。知らないか？」

「知ってるに決まってるでしょ。フレイラの人間なら、みんな知ってるわ。むしろ、なんであなたがそんな古い逸話を知ってるのよ」

ウォレスはそばに積み上げておいた本の、一番上を手に取る。布張りの、大型の本だ。表紙には『白い森と赤い竜』と彫り込まれている。栞代わりの紙切れを挟んであったページを開く。

ページの左半分には、森とそこに佇む一匹の飛竜が描かれている。竜は無表情だった。

ルチアの瞳が驚きに染まった。

「どうしてその本を、あなたが持ってるの。それ、持ち出し禁止のはずなのに」

「ここは最果ての図書館なんだから持ってて当然だろ。それより、その竜を操れたりしないのか？　竜を勇者たちにけしかけて、程々に闘わせて、ルチアが竜を退却させれば演出としてはばっちりだと思うが」

「そんなの絶対だめだよ！」

ウォレスとしては、文献を漁れるだけ漁って考えだした結果なのだが、ルチアは珍しく攻撃的に反発した。

「負けた竜はどうなるの？　せっかく大人しく眠っているのに、今度こそ危険だからって退治されたらどうするのよ。かわいそうじゃない。第一、いくら私でも竜を操るなんて出来ないわ。彼らは群れたりしない、孤高の存在だもの。人間の言うことなんて、聞くはずないでしょ？」

そこまで反論されては、ウォレスも無理強いすることは出来ない。それに、初めからあまり期待はしていなかった。竜による効果は大きいだろうが、その分危険も大きい。竜は魔物ではなく生物だが、万が一魔王の影響を受けて凶暴化していたらまずいことになる。

素直にこの作戦は諦めることにした。

「わかったよ。じゃあ、こういうのはどうだ。勇者が魔物を倒す。そしたら、ルチアが勇者の背後に光の柱を飛ばすんだ。火の魔法の変化形だからそんなに難しくない。見たところあんたの魔力の色は黄昏色だから、いい具合になると思うんだ。それを見た子供たちが、勇者さまが

魔物を倒した瞬間光った、後光が差したって周りに吹聴すれば、勇者さまの誕生として中々いい演出になるだろ？　ルチアに余裕があるなら、森の上まで光を飛ばせば、町の人間にも見えるだろうし」

　手本を見せるように、指先に力を宿し、青白い光の柱を作る。それは小さな天の川のように、天井付近まで照らした。

　竜の話をした時とは打って変わって、ルチアの表情が生き生きとしだした。

「それいいねえ。かっこいいよ！」

「おさらいだ。あんたは子供を連れて、白妙の森に行く。頃合いを見計らって、残しておいた子供が勇者に助けを求める。指示の出来る鳥に、ルチアたちの元まで勇者を案内させる。その間、ルチアは魔物の足止めをしなくちゃいけないからな。結界の効果を持つ護符を持って行くといい。それで、勇者が魔物を倒した瞬間、背後に光の柱を飛ばす」

「うんうん」

「他に質問は？」

　今のうちだぞ、目でそう告げる。ルチアはしばらく考えたあと、

「あなたは、この作戦、上手くいくと思う？」

　そう尋ねた。

　ウォレスは正直、勇者が勇者として旅立とうが、どうでもよかった。神託など信じていなか

ったし、魔王が今以上の脅威にならなければ図書館には関係ない。いわば、観客のような傍観者だった。しかしそれらは全て、ルチアがいなかった場合の心境だ。

「上手くいく……と、思う」

自分に言い聞かせるように呟いた。ルチアはにっこりと笑う。

「ウォレスが言うなら、きっと大丈夫だね」

「あんまり俺を過大評価しないでくれ」

うつむきながら釘を刺すと、ルチアは心外といった口調で言い返す。

「過大評価じゃないよ。信じて待ってくれる友達がいるなら、きっと上手くいくの。そういうものなの。とにかく、私はそうなの」

そう聞いて、ウォレスはますます顔を上げられなくなってしまった。どんな表情をすればいいのだろう。また口端がむず痒いような気がした。

「何だよそれ。あんたが実技以外やばい理由がわかった」

「失礼ね……それじゃ私、そろそろ行くね」

スカートの裾をはたきながら、ルチアが立ち上がる。

「反省文、頑張れよ」

「手伝ってね」

「いやだね」

「いじわる。私本当に行くからね」

「ああ。健闘を祈る」

背を向けたルチアに、ウォレスは軽く拳を向ける。

「まかせて」

一度振り向いたルチアも応えるように拳を軽く突き出すと、またすぐに背を向けた。少女が鏡の前から立ち去ると、一瞬で鏡は本来の機能を取り戻し、眠たげな表情をした青年を映した。

「…………寝るか」

役目を終えた青年は誰ともなくそう呟き、自室に戻るべく、鏡の前を後にした。

*

昨日寝すぎたせいで体内時計が狂ってしまったウォレスが、寝惚け眼のまま鏡の前に立つと、もうルチアが待っていた。しかし、藁の上に膝とクッションを抱えて座り込み、顔を完全に埋めてしまっている。いつになく落ち込んだ様子のルチアに、ウォレスは戸惑う。

やはり上手くいかなかったのだろうか。だとしたら、何と声をかければよいものか。

「おはよう」

結局無難に声をかけると、ルチアは初めてこちらに気付いた様子で、のろのろと顔を上げた。

「おはよう……って時間じゃないけどね」

「うるさいな。それより、上手くいかなかったのか？」

その言葉に、ルチアがほんの少しだけ微笑んだ。

「上手くいったよ。思ってた以上に、大成功」

「それはよかった。じゃあなんでそんなに浮かない顔を？」

「昨日たっぷり怒られたからだよ」

「ああ……お疲れ様」

納得して、ようやくウォレスもいつもの木箱に腰を下ろした。

「もう……私、すっごく頑張ったのに。誰にも怪我させてないし、勇者様はあなたの言った通り魔王を倒す旅に出たし、皆もそれをすごく喜んだのに……みんな私を責めて、勇者様が味方してくれなかったら、殴られてたかも。師匠は何となく状況を察してくれたみたいだから、そっちの方は反省文だけで済んだけどさ」

よほどこっぴどく怒られたのだろう。それはわかっていたことで、恐らく彼女自身理解はしているのだろうが、心境は複雑なようだ。

「よく頑張ったな。それに、無事でよかった」

ルチアが望んでいるはずの言葉を本心から言えば、少しだけ機嫌が直ったらしい。

「……うん。勇者様はすごかったよ。もう誰も勇者様を勇者様じゃないなんて言わない」

単純な奴らだな、ウォレスはそう思ったが、心の中に留めた。

ルチアは散らばった藁を人差し指で集めて、束の中へ戻していく。ウォレスはそばに積み上げた本を元の場所に返しに行くには、何往復すればいいか考える。

そうやってしばらく沈黙が続いたが、

「……でも、本当によかったのかな」

独り言のように、ルチアが呟いた。

「よかったって、何が？」

言わんとすることがわからなくて、聞き返す。

「勇者様と魔導士の女の子。きっと昨日の私なんかより、この先ずっとつらい目に遭うもの」

憂いに陰った表情で、ルチアは遠くを見ていた。旅立った二人を見ているに違いない。見えるはずがないのに。

「そんなの今更だろ」

「うん。そうなんだけど……」

言い淀むルチア。

「けど？」

「……白妙の森に住む魔物がね、想像以上に凶暴化していたの。二人の子供を連れて森に入って進んでいる時、いつもはあんなに暖かい森に冷たい風が吹いていていて、暗くて、すごく怖かった。そしたら見たこともない魔物が、私たちの帰り道を塞いでいて、慌てて魔法で応戦したんだけど、全然効いていなくて。あなたと約束したのに、このままじゃみんなやられちゃう……。そう思った時に、勇者様たちが助けに来てくれた」

ウォレスは、何も言わず聞いていた。

ルチアが続ける。その身体は、細かく震えていた。

「ホッとして腰が抜けたのは、演技なんかじゃないわ。子供たちにも、本当に悪いことをしてしまった。すごく怖かったと思う。私のせいで、危うく大惨事になってしまうところだったんだもの。勇者様と魔導士の子は、とても強かった。でも、比較的安全な白妙の森で、あんな凶暴な魔物が出てきたのよ？　これからもっともっと強大な力を持った魔物が出てくる。魔王を倒すって言ってくれた勇者様に町中が沸いたけど、私は笑えなかった……」

落ち込んでいたのは、怒られたからだけではなかったようだ。

ウォレスはしばらく言葉を探していたが、鏡のそばまで寄って、しゃがみ込んだ。座っていたルチアと、目線の高さが一緒になる。

「俺も同罪だ。あんただけが気に病む必要はないと思う」

「ありがと。でもウォレスは私がお願いしたから、一生懸命考えてくれただけでしょ？」

「俺はルチアのために考えた。ルチアはみんなのために実行した。大きな違いはあるか？」

ルチアは少し考えたあと、

「……ない、と、思うわ」

身体から悪いものを取り除こうとするように、長く長く息を吐いてそう答えた。

「それじゃ、罪の意識は半分こってことだ。ついでに自分を擁護するために言っておくが、あんたが実行しなければ、少なくとも勇者と魔導士はもっと酷い扱いを受けていたかもしれない。人間は束になると何をするかわからないからな。みんながやろうとしたことを、ルチアは恐らく一番いい方法でやったんだ。そして誰かが背負わなくちゃいけない罪悪感を、背負った」

「……そうね。くよくよ考えたって仕方ないから、勇者様たちのご無事を願うことにするわ」

「そうしろそうしろ」

ウォレスは微かに口端を上げて言った。

ルチアにもようやく笑顔が戻って、

「それじゃあ、反省文書くの、手伝ってくれるよね？」

そう言った。眩しいほどの笑顔だった。

「……断ったはずだぞ」

ルチアは、ご丁寧に木箱を鏡の前に置いた。そしてウォレスの死角から、羊皮紙やら羽根ペンやらを次々と取り出した。最初からそのつもりだったようだ。

「罪の意識は半分こ。反省文だって半分こだよね？」

有無を言わせないルチアに、ウォレスは渋々頷いたのだった。

第二章 「籠の中の物語」

塔の中は快適とは言えなかった。下方に窓は無く、通気性が悪いため湿気が籠もり、息苦しい。

二人はこの密会を朝方に変えた。その方が互いの都合がよかったからなのだが、初夏を迎えたフレイラは、日によっては汗ばむほど気温が上がるのだろう。

姿を現した時、ルチアは気だるげに汗を拭っていた。

「すごく暑そうだな。その部屋も熱気が籠もるのか？」

少し気になって、尋ねる。

「ここはそうでもないよ。この部屋、地下にあるから外よりは涼しいし。ここ、私の秘密基地なの。多分誰も知らないと思う。だからあなたのことも内緒」

ルチアが大勢の友達を連れてきて見世物にされる心配がなくなって、ウォレスは安堵した。人付き合いが皆無の自分は、もしそんなことになったら、彗星のごとく尻尾を見せて逃げ出すに違いない。大勢の人間に囲まれるなど、想像するだけで鳥肌が立ちそうだった。

「あなただって誰にも言ってないんでしょう？」

「言う相手がいないからな」

魔物たちは本のない部屋まで追いかけて来ないし、リィリには塔に上がらないよう釘を刺しておいた。これではまるで塔に何かありますと言っているようなものだったが、リィリは館長の言いつけを破ることはしない。

それでも階段の一段目に、軽く足止めの陣を作っておいた。誰かが陣を踏めば、ウォレスにすぐ伝わる。なぜだかこのことは、秘密にしておかないといけないような気がしたのだ。背徳感とは違うが、図書館の意思にはそぐわないような気がした。

「それより、さっきから何を作ってるんだ？」

ウォレスはルチアの手元を覗き込んだ。

数本を纏めて出来た糸を、指先を使って器用に編み込んでいる。出来上がった部分には、白地に赤と黄色を綺麗に織り交ぜて作った唐草のような模様が描かれていた。未完成なそれは縦長になりつつあり、手のひらに収まりそうな小さなものだった。

「ああ、これはね。うちの店で売ってる御守りの、タペストリーの部分だよ。本体の小さな魔法石を最後に編み込むんだけど。魔女が編むことによって一緒に魔力が編み込まれて、旅を助ける御守りになると言われているの。軽いから腕に巻けるし、はじまりの町なだけあって、結構売れるのよ」

思いのほかしっかり仕事をしていたらしい。

手馴れているようで、それはみるみる形になっていった。

「器用だな」

「あなたは普段なにをしているの？　本の整理とか？」

ウォレスは首を横に振った。

「本を仕入れて来たり、整理したりするのは魔物たちの仕事だ。あの量は、とてもひとりじゃ出来ないからな。俺は館内の把握と、結界や魔力の維持。あとは来たことないけど来館者があった時の対応。だから主な仕事は目録作りとか見回りとか、あとは修復とか。じつは今も結構魔力を使ってるんだ」

と言っても、今までずっとそうであったし、常に魔力を使うことを苦痛とは思わなかった。

しかしルチアにとっては、すごいことだったらしい。尊敬の眼差しでウォレスを見る。

「すごい魔力を持っていたのね。鏡越しじゃ全然魔力が伝わってこないから、わからなかった」

「別に、そんなにすごいことじゃない。俺なんて、そんな器用なことは出来ない」

そう言って視線をルチアの手元に戻した。穴の開いた小さな魔法石に、器用にも糸が通された。教えてあげようかと尋ねられ、糸が勿体ないからと断った。

「こんなの慣れれば、結界張るより楽だと思うけどな。あ、でもやっぱり喜んで買ってくれる人がいるから、作り甲斐があるよ」

へへ、とルチアが笑う。

侵入者を排除するような結界よりも、そっちの方がよっぽどいいとウォレスは思ったが、適材適所というやつだと思い直した。

「あ、そういえば、勇者様たちにもあげたのよ。私のとっておきの御守り」

「そんなようなやつか？」

「ううん、私の宝物。魔王打倒の旅に向かわせてしまったせめてものお詫びに、私の宝物をあげたの。魔女の宝物は、魔女の魔力が一番込められていると言うから、御守りよりずっといいと思って。私の魔力なんて、あなたと比べたら微々たるものなんだけど」

今でも気に病んでいるらしく、勇者の話をすると時々悲しそうな顔をする。

しばらくルチアは無言で御守りを編んでいたが、ふと顔を上げた。熱心にルチアの手元を見ていたウォレスもそれに気付いて顔を上げる。

「どうかしたのか？」

「戻って来たみたい」

ルチアはふらりと立ち上がって、鏡の前から姿を消す。

すぐに鏡は鏡に戻って、ぼんやりした顔の青年を映した。ルチアは行ってしまったが、ウォレスはその場に留まった。そして思う。

この鏡は、いつまで二つの《空間》を繋げていてくれるのだろうか。ある日突然、普通の鏡に戻ってしまったら、二度とルチアには会えないのか。いや、同じパライナで生きているのだから、会いに行ってしまえばいい。そう思って、しかし自嘲気味にその恣意を振り払う。

ウォレスの持つ魔力は特殊なものだ。持って生まれたものか、図書館に与えられたものかはわからないが、図書館のためにあるのは間違いなかった。図書館を維持し、守るために。

そしてそれは同時に、ウォレスをこの《空間》に縛り付ける役割を果たしている。図書館から離れたことはなかったが、恐らく出ようとすれば、首に掛かった縄が図書館の柱に縛り付けてあって、離れれば離れるほど絞まっていくように、己の持つ魔力に締め付けられて死んでしまうに違いないのだ。試してみるまでもない。ウォレスは図書館の物だった。

そんな恐ろしいことを考えていると、鏡がまた《空間》同士を繋げた。ルチアが戻って来たのだ。

「ただいま」

「おかえり……あんたも」

ウォレスに呼ばれたそれは、その言葉に反応するかのように高らかに鳴いた。

ルチアの肩に乗っている、黄緑色をした小鳥だった。片手に収まるほどの小ささだが、聡明な瞳と、ふわふわの羽毛がなんとも愛らしい。頭部からは寝癖なのか、羽根が一本飛び出ている。今はルチアにくちばしの下を撫でられて、気持ちよさそうに目を閉じていた。

「思ってたより早かったね。さすがピート」

「ピピッ」

ピートと呼ばれた小鳥は、ルチアの一番の友達らしく、最近になってウォレスも紹介してもらった。さすがに鳥にまで人見知りは発動しないようで、ウォレスも快くピートと挨拶を交わしたのだった。

「それで、勇者御一行はどうだったんだ？」

ルチアが編み物を再開した所で、尋ねてみる。

「無事にエレパース草原を抜けたみたい。あそこは風を操る魔物が多いから、ピートもあまり近づけなかったみたいだけど」

「エレパース草原か。だいぶ遠くまで行ったな」

パライナの地図を頭に思い浮かべながら、ウォレスが言った。ルヴァ地方を抜けてからしばらく経つ。王都アネットも近いだろう。

「うん、順調だね……え、ピート、なあに？」

ピートは、勇者たちの身を案じたルチアによって、旅を続ける彼らの様子を見てくるように指示を受けた小鳥だ。優秀なようで、フレイラに戻って来ては、その様子を彼女に知らせていた。二人がどのようにして会話をしているのか、ウォレスには見当もつかなかったが、ルチアは詳しく情報を教えてくれた。今もピートがさえずり、ルチアは真剣に頷いている。

当然のことながら、ウォレスはおいてけぼりである。

「なにかあったのか？」

「それがね、勇者様たち、今フェルゼンの町にいるらしいんだけど、凶暴化した魔物に手を焼いているみたいなの」

「魔物？」

ルチアが頷いた。

「そう。あそこって、遺跡の町でしょ？　その遺跡を守っているはずの魔物たちが、なぜか町にまで出てきて、暴れまわってるんですって。勇者様、町の人を助けようと遺跡に向かったはいいけど、その魔物、倒しても倒しても復活してしまうらしくて」

「それはまた面倒事に首を突っ込んだな」

「いったん町に引き返してきたみたい。でも勇者様、町の人たちを助けるまできっとフェルゼンにとどまるわ」

腕を組んで考え込んでしまったルチアの指先から頭部へ、ピートがバサバサ音を立てながら飛び移る。

ウォレスは思いついて立ち上がった。

「ようはその魔物の動きを封じればいいいんだろ？」

「簡単に言うけどね、ウォレス……」

「ちょっと待ってろ」

そう言い残して、ウォレスは鏡の前を離れ、階下に向かう。

しばらく書架が連なる廊下を歩き、目当ての物を探し当てる。その中に魔物が入っていないか確認して、またすぐに引き返した。

「おかえり」

不思議そうな顔をしながらも、律儀に同じ体勢で待っていたらしいルチアが出迎えた。

「ただいま。あったぞ」

「なにが？」

「ゴーレムを封じる方法」

「ゴーレム？」

いよいよルチアの頭上に疑問符が浮かんだのを感じて、ウォレスは笑った。それに気を悪くしたのか、頬を膨らませるルチアに、慌てて持って来た本を差しだしてみせた。

その本は紙を束ねて紐で綴じただけの、荒っぽい装丁だった。表紙には『ゴーレムと創造』と走り書きされている。

「その復活する魔物っていうのは、ゴーレムって言って、今はすっかり遺跡の守り人になっているけど、元は人間が作り出したんだ。そいつを作り出した奴の書き記した本がこの図書館には残っていて、作中にはちゃんとゴーレムを停止させる方法も書かれている」

いつだったか、伝記好きの魔物が話していたのを思い出したのだ。その魔物が言ったことが本当ならば、フェルゼンにこの本は現存していないだろう。

「すごい！」

感嘆の声を上げるルチアに、ウォレスも気分がいい。お喋り魔物に少しだけ感謝した。だからといって、あの長話を終わりまで聞こうとは思わなかったが。

「それで、どうすればいいの？」

俄然元気になったルチアが、鏡に近付いて来た。

「ある単語を、ゴーレムの額に彫り込めばいいらしい。これは、もう一度戦わないといけないな。相手を動けなくしないといけないから」

本の末尾あたりをルチアに見えるように鏡の前に広げた。

「これをメモして、ピートに持って行ってもらえばいいのね」

「そういうこと」

「勇者様のお手伝いが出来るなんて嬉しいな」

「手伝うのはいいが、そろそろ偵察に行くのも大変なんじゃないか、そいつ」

ウォレスが苦言をもらす。

「大丈夫。ピートは普通の鳥じゃないもの。生まれつき微量に魔力を持っていて、こんなに小さくて可愛いけど、すっごく勇敢で、どんな鳥にも負けないくらいの速さで飛べるの。それに、飛びまわるのが好きだから、私が指示しなくても一日中飛んでるわ。ね？」

ルチアは嬉しそうにピートに同意を求める。

ピートも同意するように鳴いた。ずいぶん仲良しらしい。

「まあ、お互いの利害が一致しているなら、俺は何も言わないが」

「あっ、ねえねえ。いいこと思い付いた！」

「何だよ」

「この御守り、出来上がったらウォレスにあげるわ。この子なら、最果ての図書館まで届けられそうじゃない？」

そう言って、ルチアは御守りをそばにいるピートに合わせてみせた。確かに、なんとかピートでも持ち運びが出来そうな大きさだった。

しかしウォレスはその提案に、渋い顔をした。

「さすがに無理だと思う。海を渡らないといけないし」

「えー、そうかなあ。ピートなら海でも大丈夫だと思うけど」

「いや、とにかく、やめてくれ」

その言葉に、ルチアは口を尖らせた。それでも、ウォレスは頑なに首を縦に振らなかった。

最果ての図書館と呼ばれているからには、それだけの所以がある。ルチアが思っている以上に、ここは世界から突き放された場所にあるのだ。パライナの中でも特殊な《空間》。そして図書館を取り巻く《空間》たちも、やはり普通の《空間》ではなかった。

ちょっとした遠出とはわけが違う。きっとピートでも途中で朽ちてしまう。そうなって、一番悔やむのはルチアだ。

「その御守りは、あんたが持っておいてくれよ。それでいい」

立ち上がりながら、ウォレスはそう言った。

「あれ、もう行くの？」

「そろそろな、南側の結界が緩んでるみたいなんだ」

早急に直さなくてはいけないようなものではなかったが、話を切り上げてしまいたかった。

ウォレスは軽く手を上げて挨拶をし、鏡の前から離れる。

「ピュイッ」

完全に離れる間際、甲高い小鳥の鳴き声が聞こえた。

＊

南門の様子を見に行く最中、リィリを見付けた。渡り廊下を歩いていた時だった。

透けるような緑が眩しい中庭。花が散り、芽吹いたばかりの若葉たちが生の喜びを精一杯主張するように光を受けて輝いている。うららかな陽気は、昼寝をするには丁度いいかもしれないとウォレスに思わせた。

そんな暖かな中庭に植えられた林檎の木の下で、リィリが何かしている。木の根を観察するように、指先さえ動かさず、一心に地面を見ている。

「リィリ?」

ウォレスが近づくと、リィリはようやく顔を上げた。微かに石鹸の香りがした。洗濯をしていたのだろうか。洗濯日和ではあるが。

「マスター……」

「何をしているんだ?」

「鳥が死にかけています」

その言葉に、ウォレスはドキリとした。今しがたルチアとあんな会話をしたせいだ。

ウォレスがリィリに視線で誘導された先を見てみると、なるほど一羽の鳥が、根の間に横たわっている。腹から喉にかけて斑がある焦げ茶色の鳥で、ピートより一回り大きい。そして、片方の羽がおかしな方向に曲がってしまっていた。まだ若そうなところを見ると、敵に襲われたというよりは、着地に失敗して、林檎の木に衝突してしまったようだ。少々間抜けな鳥である。鳥自身も動くことを諦めたようで、時々胸部が微かに膨らむ以外に、変化はなかった。

「リィリは、どうしようと思っているんだ?」

リィリがなぜこの鳥を見ているのか気になって、ウォレスはそう尋ねた。

「この鳥は、もう助からないと思います。今は気温も上がる季節なので、腐敗する前に埋めてしまうか考えていました」

聞かなければよかったと後悔した。

「…………助けてあげなさい」

気付かなければそれまでだが、気付いてしまった以上、情の念が湧くのが人間というものではないだろうか。そしてウォレスは、先ほどルチアとピートの仲の良さを見てしまったため、どうも他人事には思えなかったのだ。鳥の世話でもしたら、リィリも少しは人間らしい情が湧くのではないか。

「なぜですか？」

リィリの質問に、ウォレスは驚いた。いつもの彼女なら、ウォレスが指示すれば、即座に動き出すからだ。

「鳥は嫌いか？」

苦手ならば無理に押し付けても仕方がない。

「好きでも嫌いでもありません」

「じゃあ、なんで助けるのがいやなんだ？」

「いいえ、嫌ではありません。マスターのご命令なら、リィリは鳥を助けます。ただ、この鳥を助けたところで、マスターやリィリのためになることがあるのでしょうか」

表情はいつも通りで、しかしリィリは疑問を重ねる。

「もしまた鳥が自力で動けるようになったら、嬉しくなったりしないか？」

リィリはウォレスを見て、鳥を見た。考えているようだ。

「いいえ、恐らくリィリは、そのような感情にはならないと思います」

確かに。ウォレスも納得しかけてしまう。

「それは助けてみないと、わからないだろ？」

リィリは感情を見せない。いや、見せないというよりは、感情を持っていないのかもしれない。図書館で働くメイドに、感情はいらないということなのだろうか。それにしては、図書館よりも、ウォレスに執着しているように時々思えた。気のせいだろうか。

「リィリには、わかりません」

鳥を見つめたままのリィリは、夏の夜風のように微かな声で言った。

この時、ウォレスは急に、リィリを憐れに思った。リィリは別に助けを求めているわけでも、表情に影が差したわけでもなかったが、とにかくウォレスは悲しくなった。

だから、提案した。

「それなら、こういうことにしよう。その鳥は、最果ての図書館に自力で辿り着いた立派なお客様だ。お客様はおもてなしをするものだと決まっているんだ。羽が折れていたら、治療しなければいけないだろ？　じゃないと、お客様は無事に帰れないからな。本来なら俺が面倒を見ないといけないが、これから南門を見に行かなくてはいけない。悪いけど、リィリにそのお客様の面倒を見てもらいたい。これでいいか？」

諭すように、物のわからない子供に言い聞かせるように、ウォレスは言った。

「お客様、ですか？」

「そう、鳥だろうがなんだろうがお客様。ここは図書館なんだから、来たっていいわけだ」

鳥は動かない。二人の会話を注意深く聞いているようでもあったし、どうでもいいと言いたげに、全く聞いていないようでもあった。

「わかりました、リィリが面倒をみます」

「それでいい」

ウォレスは鳥に近づき、注意深く抱き上げた。当然のことながら鳥は驚いて、残っていた力を振り絞って逃げようと羽をばたつかせた。

「おっと、大人しくしろよ」

鳥にそう言いながら、動く方の翼まで傷つけないように気を配りながら、きつく押さえつける。鳥はしばらく暴れていたが、目元を覆うように隠されると、観念したように大人しくなった。もう動く力が残っていなかったのかもしれない。

「ほら」

リィリに鳥を差し出す。

「ありがとうございます」

メイドは臆することなく受け取り、エプロンで包むようにして、鳥を抱きかかえた。

ウォレスは鳥から抜け落ちて付着した羽根をローブから払い落とす。

「どこにお連れすればいいでしょうか？」

「看病するなら、自分の部屋がいいんじゃないか？　あとでその鳥に関する本を探しておくよ」

餌や習性を調べておいた方がいいだろう。

「わかりました」

リィリはそう言うと、ウォレスに一礼した。しかしまだ立ち去らなかった。

「どうかしたのか、下がっていいぞ？」

「マスター、ひとつ質問してもいいでしょうか？」

ウォレスはまじまじとリィリを見た。

明日は季節外れの雪でも降るのだろうか。もしくは槍か。リィリとこんなに長く会話したことは、記憶上、一度もなかったはずだ。

「あ、ああ、何だ？」

多少身構えながらも、ウォレスは頷いた。

「この鳥がまた飛ぶようになったら、マスターは嬉しいのでしょうか？」

「う、嬉しいと、思うけど」

「そうですか。ありがとうございました」

質問をしたくせに、リィリはその答えにさして興味を示さなかった。礼を言うと、失礼しますと言って、中庭を後にする。すぐに見えなくなった。

ウォレスは頭をがしがしとかいた。

「やっぱり、よくわからない奴だな」

林檎の木の下は、ひんやりとしていて気持ちがよかった。新緑と細い枝が光を遮り、地面には摩訶不思議な模様が作られた。時折風に揺れて、模様も一緒に動く。

ウォレスは目を閉じて、大きく深呼吸した。いつもとは微かに違うにおいがする。

その違和感を把握したところで、

「いつまでもそこに隠れていないで、そろそろ出てこい」

渡り廊下を支える柱に向かってそう言った。

「だってよー、メイドがいるのに、あんたに話しかけらんないだろ？」

柱の陰から、魔物がひょこりと顔を出した。

くしゃくしゃの紙のような魔物は、身体も軽いらしく、ゆらゆらと宙に浮きながら、こちらへやって来た。

「どうしてそうあいつを怖がるんだ」

ウォレスが呆れて聞く。

「あんたは知らないだろうけどさ、あいつ、すげー怖いんだぜ。加減を知らないというか、人の痛みをよくわかってないというか、容赦ないんだ。魔法も使わずに素手で握り潰された時は、さすがに天に召されるかと思ったよ。それでヒトを握り潰しているくせに、腹を立てているわけでも、なんでもないんだ。とにかくあいつは、得体が知れない」

魔物はくしゃくしゃな両手を、大げさにかしゃかしゃと鳴らして言った。しかし、ウォレスにも魔物の痛みはよくわからない。リィリが加減を知らなさそうなのには同意するが。

「そのまま天に召されれば、俺の苦労も減っただろうに」

彼らはたまに、めんどうな悪戯をするのだ。

「お互い退屈しているんだから、たまにはいいだろ」

全く反省していないようだ。

「それより、何か言いたいことがあって来たんじゃないのか?」

「ああ、そうだ。あんただって気付いてんだろ?」

「南門の方か?」

リィリと話している時から、気配はしていた。図書館に張り巡らされた結界に、何かが触れたのだ。恐らくこれは、

「お客さんだよ。人間だ」

今日は驚くことばかりだ。

「馬車でもあれば便利なんだがな」

＊

南門に辿り着いた時、ウォレスはすでに疲れていた。普段急ぐことなどないので、走るのは苦手だった。

「あ、やっと来た。遅いのだわ、館長さん」

そう言ったのは、別の魔物だった。ウォレスを連れて来た魔物より、一回り小さい。もっとわらわら群がってくるかと思っていたが、いるのはこの魔物のみのようだった。

「それで、人間はどこにいるんだ」

「こっち、こっち」

魔物の後を追い、石畳を小走りに進む。

南門に辿り着いた。

見上げていると首が痛くなるほど高い石垣の一部に、ぽっかりと怪物が口をひらいたような門があった。その門には格子も扉もない。ただ青白い紋章が点滅しながら薄く光っているだけで、光の先には森が透けて見えた。

「これは、すごいな」

ウォレスは思わず感心した。

その光を突き破るように人間の手が一本、図書館側に伸びていた。腕は限りなく地面に近い部分から伸びていて、その他の部分は光の向こうから微かに透けて見えていた。どうやら、倒れ込んでいるらしい。

さらに傍らには小さな馬のような生き物が、主人の方を見ようともせずに、草を食んでいた。大量の袋が括り付けてある。荷馬のようだ。

「さっきから動かないのよ」

「何か結界を相殺するような護符でも持っているのかもしれない。まあ手を入れただけで力尽きたあたり、護符自体はたいした物じゃないだろうけど。でも、今は魔王のこともあって結界を強化しているから、一概には言えないか」

「そんなことより、どうするのよ。あれ」

推測するウォレスを叱るように、小さな魔物が言った。

正直、この図書館を目指す人間がいないこともない。しかしその多くは途中で野垂れ死んでしまうか、魔物に襲われてしまうかしてしまう。そしてそうした人間を、ウォレスはこちらの知ったことではないと思っていた。助けに行けないのだから、そう思うしかない。

それにしても、これは微妙だ。確かに片腕一本、辿り着いている。しかしこの人間はそろそろ力尽きそうだ。それを助ける義理は、ウォレスにはない。

「どうするもなにも……」

二匹の魔物が見守る中、ウォレスは倒れている人間に近づく。近づいてみると、その人間が男だとわかった。小馬の荷や男の服装からすると、旅人や冒険者ではなく、商人のように見える。うつ伏せに倒れているせいで、顔までは見えないが、まだ死んではいないようだ。

「おい、あんた、聞こえてるか？　というか、生きてるか？」

「………ううっ」

呻き声が聞こえた。結界に手を入れてからそこまで時間は経っていないはずだったし、見たところ男に外傷もないようだ。しかし、衰弱している。

「こんなところになんの用だ？」

かまわず、ウォレスは質問を重ねた。

男が顔を上げる。無精髭が生え、土と埃で汚れていた。結界に入れていない方の手が、無意識に地面をかく。

虚ろな瞳でウォレスを見ていたが、やがて焦点が合ってきたのか、

「うう、あ、あなたは、人間…で…か？」

喘ぐようにそう尋ねた。

「一応な。それで、どうしてここへ？」

「………私を……中に……」

「……わかった」

ウォレスが結界に指先を這わすと、青白い光は跡形もなく消えた。男は安心したように腕を地面に降ろし、そして気絶した。

「ちょっと、どうするつもりなのよ？」

「中に運んでやりなさい」

「助けるの？　ほっといても、野生動物が片付けてくれるのだわ」

懸念したように尋ねる魔物に、ウォレスはため息を吐いた。

「腕一本でも自力で図書館の中に入ったんだ。もうお客さんだよ」

「館長さんが言うなら、別にそれでもいいけど。なに、同じ人間だから情でも湧いた？」

「無駄口叩いてないで、早く」

「はいはい。あーあ、これがかわいい女の子だったら、新しいロマンスの始まりなのに」

小さい魔物が夢見がちな表情で、手をくしゃりと合わせた。余談ではあるが、彼らに性別という概念は存在しない。つまりこの喋り方は、この魔物の趣味だ。

「誰と誰のロマンスが始まるんだ？」

「もちろん、館長さんとその女の子に決まっているのだわ。『憂鬱な午後に君と出会う』でちょうど主人公が、林檎の木の下で倒れている美しい女性に一目惚れする場面があるのよ。確かお芝居もあるわ。その台本を仕入れに行く時にちょっと見物したけど、とってもロマンチックな場面よ。だけど、えーっと、そうね、その主人公は二枚目の役者が演じていて、館長さんとはあまり似ていないのだわ」

「お前たちだけで運ぶのが無理そうなら、リィリを連れて来てくれ」

言うや否や、二匹の魔物は、なかば強引に男の両腕を掴み持ち上げた。よほどリィリに会いに行くのが嫌らしい。リィリが魔物たちにどれだけのことをしたのか、ウォレスは少しだけ心配になる。

「あんまり雑に扱うなよ。人間なんだから」

宙ぶらりん状態の男を見て、そう釘を刺しておいた。

魔物と男が館内に向かうのを見届けて、ウォレスは大人しくしていた小馬の手綱を取った。

「行こう、ご主人様も向かった」

そう言って優しく手綱を引くと、小馬は大人しく付いてきた。パカパカと、蹄が石畳を叩き始める。獣らしいつんとする臭いが鼻についた。

腕一本でも入ったなら、図書館に来た客とするのは本当だ。図書館は図書館なのだから、来る者は拒まない。人間だから情が湧いたというのも、またその通りだった。ウォレスが図書館の館長としてではなく、ウォレスとして思考を始めてからは特に。それに、このまま野垂れ死んでは、気分が悪い。

しかしそれよりも、リィリにあんなことを言った後で、男を見殺しにする気にはなれなかったのだ。

「あんたの主は、どんな人だい？」

小馬の灰色をした鬣を撫でると、小馬はひとつ嘶いて、その歩を速めた。

ルチアがいてくれれば、きっとこいつが何を言っているか教えてくれるだろうに。ウォレスはそんなことを考えながら、門を後にした。

背後には、新しい結界が生成されていた。

*

男が目を覚ましたようだ。

翌日の昼頃、そう魔物から聞かされると、ウォレスは客室に向かった。

図書館に客室があるのもおかしな話だ。昔は誰か来ていたのだろうか。やはり自分は、この図書館の始まりを知らない。それとも、忘れてしまっているだけなのだろうか。

いつもながらもやもやしだした思考を振り払って、ドアを叩いた。

「はい」

こぢんまりとした、だが清潔な部屋。寝具はリィリによって整えられ、机や棚なども綺麗に水拭きされていた。

「本当に助かりました。あなたは命の恩人です」

男はベッドから上半身だけ起こし、そばにあった椅子に腰かけたウォレスに礼を言った。

「いや、別に……」

見知らぬ人間に内心怯えつつ、しかし涼しい顔を装ってウォレスが答える。

男は小綺麗になり、昨日とは見違えるほどの好青年になっていた。年齢もウォレスが思っていたより若そうで、二十代後半といったところだろうか。顔にはまだ疲労が残っているが、全体的に彫りが深く柔和な目も少し落ち窪んでいる。整えられた髭に覆われた口元は、優男よろしく微笑みを浮かべていた。が、ウォレスにはどうもその微笑みは、本物ではないような気がした。例えるなら、仮面を剝ごうとしない道化だろうか。ただ、嫌な印象は受けなかった。

「さて、こんな形で申し訳ないのですが、少しお話ししてもいいでしょうか？」

男は微かによろけながらベッドから降りると、もうひとつの椅子に腰かけた。

「かまわない」

ウォレスも、聞く体勢を整える。

男はまた礼を言って、

「……ここは、最果ての図書館でしょうか？」

懇願するような聞き方だった。

頷いてみせると、男は安堵したように息を吐き出した。

カタカタ。扉の外で興味津々に魔物たちがうろついているのが、気配でわかった。わかったが、別に危害を加えるわけではないので放っておくことにした。

男に尋ねる。

「あんたは、迷い込んだわけではなく、ここを目指して旅をしてきたんだな？」

今度は男が頷いた。

「はい。私は自分の意志で、ここまで来ました。失礼ですが、あなたは？」

「俺はこの図書館の館長、ウォレスだ。あんたは？」

なぜだか、男は少し驚いた様子だった。しかしすぐにその表情はひっ込められた。

「名乗りもせず、申し訳ございません。私は、アラン。アラン・フロックハートです」

「アランか。アランは、何しにこんなところまで来たんだ？」

細身ながらほどよく筋肉も付き、腰には護身用のナイフを差し、恐らく他にも武器を隠し持っていそうだ。決して弱くはなさそうだったが、どんな道も越えて行けるほどの屈強な戦士にも見えない。魔力も感じなかった。

普通の人間は、ここに来ようともしない。ならば、何かよほどの事情があるに違いない。興味が湧いた。

「私は………」

「私は？」

「私は、商売のために、ここに来ました」

「は？」

冷静を装うのも忘れて、ウォレスは間抜け面を晒した。すると聞き取れなかったと思ったのか、今度は先ほどよりも大きな声で、アランが言い直した。

「商売です。このパライナのどこよりも不思議な場所なら、さぞ他で高く売れるようなお宝が眠っていると思うのです。それをぜひ売って頂きたいと思い、遠路遥々やって参りました！」

「へ、へえ。そんな理由で、よく来れたな」

てっきり、原因不明の病気で床に伏した母親がいて、その治療法が書かれた本を探しに来たとか、日照りによって作物が壊滅状態で、雨乞いの儀式が書いてある本を探しに来たとか、ウォレスとしてはもっと切羽詰まったものを想像していたのだ。

最寄りの村でも、数日で辿り着けるような場所ではないのだ。そもそも、普通に歩いて辿り着ける場所ではない。さらに、その最寄りの村や町も、通常余所者を受け入れない独特の文化が栄えるような場所だ。アランを見ても、着ている服や小物は良い物のようであったし、社交的な性格からして、王都アネットか、それに類似する栄えた国の人間のように思われた。

しかしアランは首を横に振った。まるでわかっていないと言わんばかりだ。

「私にとっては、安い理由ではありません。私は商人です。世界一の商人を目指しています。だからこれは、命を懸けられるほどのことなのです。何か良い物があれば高値で買い取らせて頂きますし、貨幣がいらないなら、物々交換でもかまいません。食べ物の類(たぐい)はこの旅で尽きかけているのでありませんが、都から持って来た珍しい品でしたら、快くお譲りいたします」

さりげなく商談に持ち込まれて、ウォレスは軽く混乱した。アランは本当に、商売をしに図書館へやって来たらしい。

「いや、ここは図書館なんだ。あんたが思うような珍しい物なんてないぞ」

必死に冷静さを取り繕(つくろ)う。

「こんなに沢山の本があるじゃないですか」

アランは引き下がらなかった。

「図書館の本を貸すことは出来ても、売ることは出来ない。そしてあんたに貸すと、そのまま持っていって返却してくれなさそうだから、貸すことも出来ない」

返却期限を過ぎた本は、魔物たちが取り返しに行くことになっているが、どう取り返すつもりなのか考えると、期限は過ぎない方がいいだろう。

「重複したものや、古くて処分したいものは？」

「残念ながら、この図書館に、同じ本を二冊置くことはない。置く余裕もないし、必要もないからな」

ウォレスはきっぱりと断った。

「そうですか……」

世界一を目指すという商人は、残念そうに項垂れてしまった。微笑みも、思わず影を潜める。相当な苦労をしてここまで来たのだから、当然だろう。その執念と熱意を思うと、少々かわいそうである。しかし、

「人間諦めも肝心ですからね。無理強いはしません。しかし何か売りたくなりましたら、ぜひ私に言ってくださいね。私ならこちらまで引き取りに伺いますから」

アランが次に顔を上げた時には、また元通りの柔和な笑顔に戻っていた。

「あ、ああ。それくらいなら……」

「ありがとうございます！」

恐ろしいほど前向きな人間のようだった。

「すごいな、売り買いに、そこまでの情熱を燃やせるのか」

ウォレスは思わずそう言った。

アランは照れたように笑う。

「仲間にも笑われます。命まで懸けて、人が滅多に入らない場所で商売しようとするなんておかしいと。ですが正直な話、私は旅が好きなのです」

「旅？」

「はい。もちろん、旅の景色を楽しむわけじゃありません。いえ、それも醍醐味ですが、私は根っからの商人です。人が踏み入らない場所や、魔物がうじゃうじゃいるような場所でも、

意外と面白い商売は出来ます。取引相手は、主に冒険者や賞金稼ぎたちです。物資が手に入らない場所に私がいると、彼らは必ず私に感謝しますよ。薬とか、魔法石とか、町の中じゃ当たり前に扱っているものでもです。吊り橋効果というのでしょうか。二度と会わないかもしれないのに、そこにはなにか絆というか、同志のような結束力があります。そしてまた会うことがあれば、彼らは絶対に私を選んでくれるのです」

先ほどまで気絶していた人間とは思えないほど、滑脱と喋る。

やはりこんな辺鄙な場所まで来るような人間は、変わった人間だ。ウォレスは納得した。しかし、ウォレスには放浪草のような彼がとても眩しく感じられた。

アランにとってはウォレスが別世界の人間のように映るかもしれないが、ウォレスにとっては、彼の方こそ別世界の人間だった。遠くのものを見るような目付きで、アランを見る。

「ここまで来るのに、大型の魔物がうじゃうじゃいただろ。どうやって抜けた」

「東の国で仕入れた、隠れ蓑を使いました。それを被ると魔物に気付かれなくなるんです。途中で半分ほど燃やされましたけど」

「遺跡があると思ったが、そこの封印は？」

「知り合いの考古学者から辞書を買って、一週間最寄りの、比較的友好的な村から通って、一通り仕掛けを弄ってみました。運がよかったのですね。門番の巨大鳥が出て来た時は、さすがにもう駄目だと思いましたけど、通りすがりの賢者に助けてもらいましたよ。無謀過ぎるとお叱（しか）りを受けましたが」

　どうやらかなりの強運の持ち主のようだ。そして存外、考えなしのようである。

　ウォレスは少し考えて、

「やっぱり、俺と取引しよう」

　そう言った。

「え？」

　意外そうに、しかし男の目が、期待するように光る。

「あんた、さっき食料が尽きかけていると言ったな。このままじゃ帰れないだろ」

「は、はい」

「こっちが提供するのは、あんたとお供の水と食料。あとは、無事に里まで帰れるように、結界を張ってやる。俺の結界なら、魔物たちもおいそれと手を出してきたりしない」

　ウォレスの張る物は、教会で張ってくれる魔物除（よ）けの聖域とは比べられないほど、持続時間も効果も強力なものだ。例えまた門番の巨大鳥に出合ってしまったとしても、恐らく傷一つ付けられまい。

「ほうほう」

　男は値踏みするように顎（あご）を手で撫（な）でたが、その目は楽しそうに笑っている。

「それに、売ることは出来ないけれど、この図書館の本を好きなだけ読んでいってもいい。ただし、自分の力で行けるところまでだ」

「それは、この図書館には、簡単に読めないような本もあるということですか？」

「まあな」

ウォレスは言葉を濁したが、当然のごとく存在した。読むべき者しか読めない本や、禁書もある。本が自ら読む人間を選ぶことだってある。売れば一生遊んで暮らせるような本も、値が付けられないような本も、数多くある。売れないが。

「魔物たちには、あんたに手を出さないように言っておく」

「ほう。中々いいお話のようですな。旅の記念に、図書館を探索するのは楽しそうですし、食料はこちらからお願いしようと思っていました。結界は、本当にありがたい。では、こちらもぜひあなたのご要望にお応えしたい。何がお望みでしょうか。申し訳ないのですが、最果ての図書館の館長であるあなたが、何を欲しがるのか、私には見当も付かないのです」

言いながら、男はそばにあった鞄から、次々と品物を取り出した。中級程度の魔法石や傷薬といった旅の必需品から、カードやチェスなどの娯楽品、果ては色眼鏡や万華鏡など都会でしか手に入らないような物まである。運搬費まで含めるならば、どれも高価なものばかりだ。

物珍しさに、ウォレスは感心したような声を上げる。

「どうですか？　やはり百聞は一見に如かず、です。実物は、文字より面白いでしょう。

……………いや、これは失礼」

「いや、確かに面白い。見たことない物ばかりだ……こっちのは？」

「さすが、お目が高いですね。これは人魚の涙の髪飾り。イラの遺跡に住み着いた人魚から分けてもらいました。これを意中の女性に渡せばいちころですね。こっちは小人が編んだ腹巻です。彼らは器用ですから、付け心地は保証しますよ」

さすが、世界中を旅しているだけはある。本物かは知らないが。

「うーん……」

しかし、ウォレスは困ってしまった。どれもこれも綺麗で面白いものばかりだが、どれもこれも、自分には似合わないような気がしたのだ。つまり、欲しい物がなかったのだ。

アランは満面の笑みだ。

「ゆっくり決めてください」

「あ、ああ」

ウォレスとしては正直、食料や結界などただであげてもよかったのだが、それではアランの気は済まないのだろう。強いて言うなら馬車代わりに小馬が欲しいところだが、さすがに相棒を盗ることはしたくなかった。アランも手放しはしないだろう。

適当な消耗品でも貰おうか、そう考えていると、ノックの音がした。先ほどまでいたはずの、魔物たちの気配が消えている。つまり、

「リィリか。入りなさい」

「失礼します、食事をお持ちしました」

「ああ、そういえばまだだったな。ありがとう」

突然現れた美しい少女に、アランが息を呑むのがわかった。リィリから目が離せないようだ。

しかし本人は全くアランのことなど眼中にないようで、台に載せた皿を机に載せようとした。

「アラン、すまないが、机の上を一度片付けてもらってもいいか？」

「え、あ、はい、ただ今！」

リィリに場所を譲るように、商品たちを乱雑にかき集めていく。傷がつかないか、ウォレスの方が心配になった。

湯気の立つ出来立てのバケットに、バターと林檎のジャムが添えられている。それに今朝取れた卵と、ベーコンを一緒に焼いたもの。野菜を柔らかく煮込んだスープ。野菜は、農耕の指南書から生まれた魔物たちが趣味で作っている物だ。パライナの技術が上がり、後世に残すために本にすればするほど、彼らの腕も上がるため、ウォレスとしては今後も世界の発展を願うばかりだ。

おまけに甘い香りのする、ココアが食欲をそそった。

アランの腹が、ぐううと鳴った。

「す、すみません。まともな食事は久しぶりで……お嬢さん、ありがとうございます」

「いえ」

リィリが必要最低限の文字数で否定する。

「これは取引内容には入っていない。遠慮なく食べてくれ」

ココアをすすりながら、ウォレスが言った。ミルクが多くておいしい。

「いただきます」

恐縮しながらも手を伸ばし始めたアランを一瞥すると、リィリは一礼した。あとはウォレスがいいと言えば、すぐにでも部屋を出ていくだろう。

「そういえば、リィリは何か欲しい物があるか？」

しかし、ウォレスはリィリを下げなかった。

「欲しいもの？」

リィリが首を傾げる。

「ほら、万華鏡とか髪飾りとか」

年頃の女の子が欲しがりそうな物も、いくつかありそうだった。ウォレスはこれといった物欲はなかったし、リィリが欲しがるなら、アランとの取引はそれにしようと考えたのだ。

「綺麗なお嬢さん、指輪なんかどうでしょう。町の娘たちの間で、流行っているようですよ」

アランも元々垂れた目をさらに垂らして、加勢する。しかし、

「いいえ、興味ありません」

何となく察しはついていたが、予想通り、リィリはあっさりと首を振った。

「遠慮しなくていいんだぞ？」

「リィリには必要ないものです、マスター」

遠慮しているわけでもなさそうだ。いらないものを無理に与えてもしょうがない。下がってもいいと言おうとして、しかし、ウォレスはふと思い立った。

「鳥の様子はどうだ？」

昨日助けることになった、怪我を負った鳥のことだ。後で怪我の具合と治療法を調べようと思っていたのだが、アランの件で珍しくやらなければならないことが多く、すっかり忘れていた。リィリはきちんと面倒を見ているのだろうか。

「はい。出血はありませんでしたので、毛布に包んで温めたら餌は食べるようになりました。ただ、羽が折れているようなので、当分飛べそうにはありません。リィリには医学の知識はありませんが、一生飛べないように見えます」

淡々とした状況説明。

「そうか。引き止めて悪かった。鳥の所に戻ってやりなさい」

リィリは頭を下げ、ワゴンを持って部屋を出て行った。

「いやあ、綺麗なお嬢さんですね。この世のものとは思えない」

アランがリィリを絶賛している横で、ウォレスは考えていた。

「……アラン、色んなところを旅して商売しているということは、珍しい物も扱っているな？」

「はい、そうすれば他所で高く売れますから」

「じゃあその……」

ウォレスが欲しい物を言うと、アランはなぜか少し驚いたような顔をした。だが、やはりすぐに笑顔になって、

「とってきがありますよ」

それから二人は食事をしながら細かい交渉をして、やがて取引が成立した。

食後のお茶をのんびり飲んでいると、アランが少しだけ迷ったあとに、口を開いた。

「あなたはあの美しいお嬢さんと違って、人間らしいですね」

「え？」

「ここには、私以外にも来館者がありますか？」

「……ないな」

ウォレスは素直に答えた。見栄を張ってもしょうがないのだ。

「最果ての図書館とは、どんなものかと思っていましたが、思っていたよりも人間らしい。図書館と言えば人間の作り出した本が収蔵されているのだから、納得出来ないこともないですけど。もっとこう厳格で静寂に支配された、人間を受け入れない場所かと。図書館の館長の話は、周辺の村々で色々な噂が流れていますし。でも、ここに来る人がいないなら、やっぱりただの噂ですね。あの辺は内向的で娯楽も少ないし、そういう噂が特に好まれるんでしょう」

アランは考察するように、ゆっくりと言った。

「どんな噂を？」

気になって尋ねる。

「どうでしたっけ、たしか……白髪の老婆とか、いや紳士だったかな、なんでも、人間ではないとか……まあ典型的な噂って感じですね」

ぼんやりした言葉は、あまり参考になりそうもなかった。図書館の館長なのだから、初老の紳士とか、優しげな老婆とか、とにかくそういう雰囲気のある人物を想像したのだろう。ウォレスも自身が館長でなければ、そういう想像をしたかもしれない。

しかし残念なことに、館長は他の誰でもなくウォレスだった。

「彼らの幻想を壊してもいけないだろうから、あんまり他所で俺の容貌を吹聴しないでくれよ」

アランが軽く笑った。

「わかりましたよ」

「……俺がこの図書館に、そぐわないように見えるか？」

「いえ、そういうわけじゃないのですが、ご気分を悪くしたのなら謝ります。ただ、あなたはなんというか……不躾ですが、いつからこの図書館にいらしたのですか？」

ウォレスはアランを見て、

「忘れた」

それだけ言うと、立ち上がった。そんなこと、こっちが聞きたかった。

「商品を持っていかれないのですか？」

アランが不思議そうに聞く。

「もらうさ。だけど、まだこっちの物資の準備が出来ていないからな。俺がこれをぶんどって、あんたに結界をかけてやらなかったらどうする？」

「これはこれは。私よりよっぽど商売のいろはを知っていらっしゃるようで」

ゆるく笑うアランに軽く手を上げながら、ウォレスは部屋を後にした。

＊

歌が聞こえた。

恐らく歌っている本人にしか聞こえないほどの密かな声だったが、どうしてかウォレスにはよく聞こえる。全てを委ねてしまいたいような心地良さと、全てを見透かされたような居心地の悪さ。優しげなその歌声に、ウォレスはどうしようもなく泣きたくなった。

塔の上にある扉を手馴れた手付きで開ける。木板の軋む音がした。

部屋に入って少し歩けば、すぐに鏡が見えた。その中で、少女が編み物をしながら歌っている。しかしウォレスを見た途端歌はやみ、楽しそうな笑い声に変わった。

「今日は来ると思ってた」

「歌が聞こえた。鏡に映っていない時から。そういえば、あんたに初めて会った時も、聞こえた。俺は鏡の前に立っていないのに」

この現象はいまだ謎のままだが、繋がる条件として、二人が同時に鏡の前に立っていなければならない。映っていないと、姿はおろか、声も届かないのだ。けれど、ルチアの歌声だけは、ウォレスが鏡の前に立っていなくても聞こえる。

「そうだったかしら。あ、そうだ、あの時も隠れているのが退屈で、口ずさんでいたわ」

疑問を口に出しつつ、ルチアはさして気にしていないようだった。

色とりどりの魔法石の欠片が入った木箱を脇に押しやり、身体を伸ばす。今日は萌黄色のワンピースを着ていて、ルチアの火のように赤い髪を際立たせていた。

「歌には魔力が籠もりやすいっていうから」

ウォレスと会話する体勢になったルチアが言った。

「だから俺にまで聞こえたってことか？」

「どうかな。それよりもあなたは、ここに来なかった間の話を、私に聞かせるべきでしょう？」

ルチアにねだられるまま、ウォレスはアランがやってきた時の話をした。

結局アランは三日間図書館に居候し、物珍しげに館内を歩き回っていた。金にならない景色は面白くないのではと問えば、土産話はお金になりますよと笑って返された。

「図書館を案内したお礼に、旅の話を聞かせてくれたんだ」

アランは話し上手で、自身の体験談を、面白おかしくウォレスに聞かせた。恐らく嘘も混じっているだろう。魔王に腐食されかけたこの世界が、そんなに明るく楽しい話ばかりのわけがない。それでも、ウォレスは夢中で聞き入った。

早朝手を振って旅立ったアランの後ろ姿に、喪失感があったのも事実だ。

「それで三日間も私と会ってくれなかったの？」

「………悪かったよ」

ウォレスは謝ったが、やはり言葉ほどルチアは気にしていないようだ。

「ふふ。嘘だって。ここは私の秘密基地で、元々来るのが日課だったし、そんなに寂しくないわ。そもそも二人とも違う場所で生活してるんだもん。予定が合わない時は仕方ないって、そういう約束でしょ？　私だって、来られない時があるもの」

達観していたらしていたで、少し寂しいような気もする。多少は怒ってほしいと思ってしまうのは、わがままだろうか。

「普段誰も来ない図書館に人が来て、少し浮かれていたんだ」

「よかったわね。旅の話かあ。私も聞いてみたかったな」

ルチアは会ったこともない旅商人に思いを馳せているようだ。

「フレイラに来る旅人に聞けばいい。はじまりの町なんだから。大勢の旅人が来るんだろ？」

「はじまりの町だからこそ、ろくな旅話が聞けないんじゃない。あなたの所まで行くような根性のある旅人は、そういないわ」

　頰を膨らませて、ルチアが言った。

「あんたは外の世界に生きているんだから、旅に出ようとすれば、いつでも出られるだろ？」

「……………私は弱虫だから」

　返って来た言葉に、ウォレスは驚く。

「白妙の森に入った時のあんたは、すごく勇敢だったじゃないか」

　ルチアは困ったように微笑む。

「あなたは見てないでしょ。あの時は必死だったし、それに、魔物があんなに凶暴化しているなんて、知らなかったもの。私は弱虫の意気地なしよ。外の世界に憧れて、でも出ていけない意気地なし。あなたと一緒」

　突然ルチアの目が悲しみに染まったような気がした。

「……俺は出ていかないんじゃない。出られないんだ」

　自身の非を理解した上で弁解を行う罪人のように、ウォレスはルチアから目を逸らした。

「似たようなものだわ。私だって町という共同体に首輪を付けられて、出ていけない。あなたにはわからないと思うけど、共同体で生きていくってことは、その場に居続けるってことなの。穴の中の兎みたいに、温かくて安全で、でも時々息苦しくなる。そんな感じ。だから時々この鏡は、そんな弱虫な私たちに息継ぎさせる、空気穴なんじゃないかと思うことがあるの」

ルチアは鏡を撫でながらそう言った。

「…………ルチアは、町の外の世界に憧れるのか？」

「時々よ。誰にでもあることだわ」

言葉とは裏腹に、切望しているように聞こえた。

ルチアはそういうが、彼女が弱虫の意気地なしだとは、ウォレスには到底思えなかった。それよりも自分の方がずっと弱虫だと思う。ぬるま湯に浸かるようにその生活を甘受している。己がここにいることを疑問に思いながらだ。

「ああ、俺にも時々ある」

「勇者様が旅立った時だって、私に勇気があれば付いて行ったかもしれない」

「それは困るな。鏡の前に立ってくれる奴がいなくなる」

真面目にウォレスが受けとめると、ルチアは一瞬動かなくなって、やがてまた笑い出した。

「ふふふ、そうね。ウォレスは私がいないと駄目なのよね」

「そこまでは言ってないだろ」

笑われたことに腹が立って、語尾を強める。しかし、少女の笑い声は止まらない。

「あはは、やっぱり私、あなたが他の人と楽しくお話ししていたことに、やきもちを焼いていたみたい。羨ましかったのよ、その商人さんがあなたと直接会えて。私だってまだ直接会ったことないのに。ふふ、じゃなかったら、こんなつまらない話、しないもの。意地悪なこと言って、ごめんね」

はぐらかされた気分だった。しかし、やきもちを焼かれるというのは、決して嫌な気分ではなかった。どこかむず痒い。

「あの商人とは、こうやって鏡越しに会話したことはないぞ」

「あはは、確かにそうだったわ」

あまりにもルチアが笑うものだから、ウォレスまで口が歪んでしまった。

「もしルチアが来たら、あの商人よりずっと特別待遇してやるよ」

「私が本好きじゃないって、知っているくせに」

自分たちは似ている。

どこか臆病で、遠くのものに憧れては、憧れたものに執着心を見せる。とても似ている。まるで鏡みたいだ。ウォレスはそう思った。

＊

抜けるような青空が、窓の形に切り取られて見えた。巨大な生物のような雲の塊が、ゆっくりと窓を横切って行く。

「鳥籠みたいだ」

　はなれのようなこぢんまりとした館の廊下を歩きながら、ウォレスは呟いた。この図書館は大きな大きな鳥籠のようで、もちろん中に入れられた鳥は自分だ。己の力では外に出ることも叶わず、その中でせいぜい鳴くことしか出来ない。

　では、飼い主は誰なのだろう。

　そんなことを思いながら、ウォレスは廊下を突き当たりまで進む。廊下の端には、目立たない扉があった。ウォレスが扉を叩くと、

「どうぞ」

　扉越しに声が返ってきた。

「入るぞ」

　声をかけてから、扉を開けた。

　板張りの床が剝き出したままの、質素な部屋。客室よりも質素かもしれない。家具は白塗りのベッドと、小さな机と丸椅子。それから古びたチェストがひとつだけ。

　丸椅子には、鳥を机の上に乗せて餌を食べさせようとする、リィリが座っていた。ここは彼女の部屋だ。ウォレスも入るのは初めてだった。

　あまりじろじろ見ても悪いので、早々に話しかける。

「鳥は元気になったか？」

茶斑の鳥は、なかば強引に鳥の口に運んでいた。茶斑(ちゃまだら)の鳥は、若干迷惑そうにしながらもそれを享受している。くしゃくしゃになった毛布に包まれた鳥は少しふっくらしたようだったが、羽はまだ身体から奇妙に浮き出ていて、具合が悪そうだった。

「リィリ、そんなに無理やり食べさせることもないだろ」

「はい。しかし沢山食べておかないと、外の世界に出ても生きていけないのでは？」

言いながらも、ウォレスの言葉通りにリィリは手を緩めた。

「それもそうだけど、動いてないんだから、そこまでの餌を必要としてないと思うぞ」

「わかりました。椅子をご用意します」

茶さじを机に置き、立ち上がろうとするリィリを、手で止める。

「いいよ、そんなに時間はかからない」

「はい。マスター」

リィリはいつものように返事をして、大人しく座り直す。

「まさかリィリがこれから先の鳥の心配をすると思わなかった」

ウォレスが思ったことをそのまま言葉にすると、リィリはいつものように首を傾げる。

「心配ではなく、マスターがこの子はお客様だと言いました。お客様には、おもてなしをするものだと聞いています。間違っていたでしょうか？」

「間違ってないよ。それでいい」

ウォレスは肯定して、懐から翡翠色の液体が入った小瓶を取り出す。

何気なく、窓に透かしてみた。空の色と相まって、世界が青緑色に見えた。まるで、秘境の泉からそっと汲んできたような透明感だ。

「すごい秘薬らしい」

アランによると、とある種族の、とある一族でしか作られない秘薬中の秘薬で、どんな怪我もたちどころに治してしまう万能薬という話だ。当然、効果は実証済みだった。アランが自身の手に傷を付け秘薬を塗ると、たちどころに治ってしまったのだ。まるで手品でも見ているような気になったが、ウォレス自身も試した結果、同じことが起きた。アランの最後の護身用だったらしいが、結界があれば必要ないと、快く譲ってもらったのだ。

偶然か、鳥もウォレスの手中にある瓶を見た。本来ならばすぐにでも傷の治療をしてやればよかったのだが、アランとの約束もあったし、消耗した体力が回復しないうちに羽が治ってしまっては、また暴れ出して部屋中を飛びまわりかねない。窓に激突して再度保護、なんて状況になったら目も当てられない。飛べない状態なのは、むしろ好都合だった。

綿に秘薬を数滴垂らし、液が浸透するのを待つ。

「大人しくしてろよ」

近づくと、鳥はウォレスを敵意のこもった目で睨みつけ、傷ついた羽を膨らませた。リィリは何も言わずに、鳥を押さえる手を強めた。

「人が助けてやろうっていうのに、そんなに怒ることないだろ」

リィリには大人しく触らせているくせに。ウォレスは心の中でそう付け加えながら、綿を鳥の焦げ茶色をした羽にゆっくりと押し付けた。念のため、しばらくそうしている。

鳥は萎縮したように体を強張らせた。

「どれくらいで効くんだろうな？」

「リィリにはわかりません」

「俺にもわからないな。恐らく骨が折れているだろうから、そんな短時間じゃないと思うけど」

そんな会話をしていると、急に鳥が驚いたように頭を上げた。そして、

「あ」

「うおっ」

弾かれたように暴れ出した。ひどく興奮したように、リィリの手から抜け出そうともがく。

怪我をしていた方の羽も、バタつかせようと必死に動かしていた。

「部屋の中を飛びまわると危ないから、そのまま摑んでおけよ」

「はい。マスター」

「ばか、そっとだ。そっと」

「具体的にはどのくらいでしょうか？」

「そんな呑気なこと言ってる場合か！　いいから少し力を緩めろ！」

リィリが小鳥の骨が粉砕しそうなほど強く握りそうな予感がして、慌ててそう釘を刺した。

小鳥から綿を外し、ウォレスは急いで近くの両開きの窓を全開にした。

「ゆっくり放り投げるように、鳥を外に放してやるんだぞ」

「はい、マスター」

リィリがゆっくりと立ち上がる。この部屋で唯一、心音も上がっていなければ、動揺もしていない生き物だ。淡々と窓辺まで小鳥を運ぶと、言われた通りゆっくりと鳥を外に投げた。

バサバサバサッ
鳥は狂ったように外へ飛び出し、すぐに風に乗って空高く上昇した。

ウォレスは日差しに目を細めながらも、窓から身を乗り出し、小鳥を目で追う。リィリもそれに倣うように、無言で鳥を見上げていた。

鳥は自由になり、鳥籠から飛び立ったのだ。自由になった鳥は、旅をするアランのように、どこへ行ってもいい。海を越えても、森の真ん中で羽を休めてもいい。

「あれは多分渡り鳥だ、無事に仲間の元に戻れるといいな」

そう言いながら、ウォレスはルチアの言葉を思い出す。共同体で生きることも、時として息苦しくなると。自由ではないのだと。その通りなら、この世界に籠の外は存在しないことになる。全てが、籠の中での出来事だ。

だとしたらあの鳥は、本当に自由なのだろうか。

「それでも、やっぱり……………」

ウォレスがそう呟いても、リィリは無言のままだった。

ちっぽけな身体で、鳥は広大な空の海を泳ぐ。そして二人に見せつけるように、ゆっくりと大きく二度、旋回した。それは彼なりのお礼なのか、はたまた自由を謳歌しているだけなのかわからなかったが、少なくとも恨み言ではないような気がした。

「あの鳥は、感謝しているのでしょうか？」

満足したように飛び去っていく鳥を惜しむ様子もなく、リィリはウォレスに視線を戻した。

「してるんじゃないか。少なくとも俺に向けたような敵意を、リィリには見せなかっただろ？」

リィリは空を見上げたまま、じっと考え込む。

「確かに、リィリは鳥に触れました。でも、心配するマスターから逃げようとして、リィリに懐くなんて、おかしな鳥です」

「おかしくないよ。なんの感情もないってことは、鳥が恐れるような感情もなかったってことさ。案外野生動物は、リィリのことが好きかもしれない」

「そうでしょうか？」

窓を閉め、机の上を片付けだしたリィリが言葉を返す。

「リィリはあの鳥が好きだった？」

「好きでも嫌いでもありません」

鳥籠に入れておくのは、なんの感情もない剥製(はくせい)でも入れておくのが一番いいのかもしれない。なぜリィリは、こんなに無表情なのか。いつか自分のように、今の状況に違和感を覚えたりするのだろうか。

「それでも、看病したリィリと、看病されたあの鳥。お互いが共有した時間は、互いに残るものだよ。どんな形でも」

「…………」

その後、リィリが傷ついた小動物を見付ける度に拾ってくるようになったのは、また別の話。

第三章　「勇者のための物語」

夏になれば、朝早くから人が動く。少しでも涼しい内に仕事をしておきたい、日が出ている時間に精一杯出来ることをやりたい。そんな例に漏れず、ルチアも忙しげに魔法石の仕分けをしていた。とは言ってもルチアがいる場所に日の光はなく、魔法珠（じゅ）と呼ばれる、ぼんやり光る石で灯（あか）りをとっているのだが。

木箱に入った魔法石を、三種類の籠に分けていた。中身はそれぞれ良品と、安物としてなら使える品、そして粗悪品だ。ルチアはひとつひとつ魔法珠（じゅ）に半透明の石をかざしては、どれかの箱に放り投げていく。投げられた石が、他の石に当たって、カチンと音がした。

ウォレスは膝の上で本を開いていた。ルチアの邪魔をしてはいけないと思いつつ、読んでいた本の章がひとつ終わったため、声をかける。

「ご苦労なことだね」

ルチアはじろりとウォレスを見る。

「あなたは良い御身分ね」

「おかげさまで」

「何の本を読んでいるの？」

額に浮かんだ汗を手の甲で拭いながら、ルチアはウォレスの手元を見た。

「え……ああ、『光の勇者』に関する本だな。この著者は、物語に出てくるゆかりの地を自分自身で追って、それを旅行記風にまとめているから、けっこうおもしろい」

その本は、アランに教えてもらったものだった。この本を読んで、私は旅に憧れるようになりましたと言っていたので、少し興味が湧いたのだ。

「本は嫌いじゃなかった？」

珍しく皮肉の混じった問いだ。暑さに苛立っているのだろうか。

「そう言われても、ここには本しかないからな。それに、嫌いとは言ってないじゃないか。確かに本の背表紙を見るのは好きじゃないけど、読むのはそんなに悪くない。あ、その石は隅っこに不純物が溜まって見えるから、やめたほうがいい」

ルチアが無言で、今しがた安物が集まる籠へ放り投げた石を、粗悪品の籠に投げ直した。心なしか普段より大きな音をたてて他の石にぶつかった気がする。

「あーあ。本嫌いの会も、これで解散ね」

「そんな会いつ発足したんだ？」

「短い付き合いだったわね、ウォレス」

別れの言葉を口にしつつ、もちろんルチアは動かない。

「そんな悲しいこと言うなよ。だいたい、あんたのお師匠さまから出された課題、ほとんど俺に助けを求めて、結果的にここの書物から答えを引用しているじゃないか。十分恩恵を受けてるだろ。この前だって、魔法学の色彩についての初歩的な問題なのに、最終的にあのルーカス・シモンの『魔法と色の――』」

口うるさい説教に、もう沢山だとルチアが口を挟む。

「わかった、わかりました！　今度からはもう少し本を読みます！　寝ません！」

「ったく。今度ルチアにも読めそうな簡単なやつ、探しておいてやるから」

ウォレスがなだめるように言った。

「あ、じゃあ今度から私がお仕事してる間、あなたが読み聞かせしてよ」

「そういうのは苦手だ」

断るも、ルチアは楽しそうに話を続けた。

「最近王都でまた新しく『光の勇者』の演劇が流行(はや)ってるらしいの。なんでも有名な戯曲家が新しく書き直したとかって。あなたのところにその台本、ある？」

「あるけど、なんだかくどくて、おもしろくなかったぞ」

魔物が興奮気味にウォレスの元に持って来たのを思い出した。ルチアの言う通り、有名な戯曲家の新作なのだそうだ。ここのところ勇者に縁のあるウォレスも、魔物があんまり騒ぐものだから、目録を作る合間に読んでみた。最近の流行りなのかもしれないが、やたら登場人物の心理描写に力をいれており、戯曲にしては物語の進展が遅い気がした。そしてこのご時世だから仕方ないのかもしれないが、勇者は生まれた時から正しい行いを繰り返し、正義の心を持ち続けている。かたや魔王の心理描写の方はとにかく残酷で、生まれた時から死ぬまで、彼は一貫して横暴で世界を滅ぼすことしか頭にないのだ。

だが、本当にそうだろうか。現在、パライナは魔王に脅かされてはいるが、果たして本当に勇者は生まれた時から聖人で、魔王は生まれた瞬間から悪人であったのだろうか。悪の道に魅せられる勇者や、本当は心を傷だらけにした魔王はいないのだろうか。

固く口を閉じて考え込むウォレスに、なにを思ったのかルチアは歌い始めた。いつも歌っている曲で、暖炉の残り火のように優しく、心が満ちる声だ。

顔を上げたウォレスに、ルチアは微笑みながら今度は軽快に歌いつづける。ルチアなら、演劇の花形も飾れるだろう。しなやかに踊るだろうし、その声はきっと聴衆の胸を打つ。

ルチアが歌い終わった時、ウォレスは本を脇にそっと置いて、拍手した。

「王都で歌ってみたらどうだ。その劇の花形に抜擢されるかもしれない」

「田舎娘を調子にのせちゃだめだよ。でもそうね、少しだけ自慢してもいいなら、昔歌って生計を立てていた時期もあるの」

「それは初耳だ」

驚きに、目を丸くする。あまり気にしなかったが、ウォレスは今のルチア以外を知らないのだ。ずっと魔女稼業をしていたのだとばかり思っていた。

ルチアが恥ずかしそうに笑った。

「ちょっとだけだけどね。それより、やっぱり読み聞かせをしてよ。私ばっかり歌うのは、ずるいじゃない」

「自分から歌っておいて」

「ひどい。じゃあもう私、石みたいに黙ってるから」

ぷいと顔を背けてしまったルチアがずっと黙っていられるとも思えなかったが、歌声が聞けなくなるのは名残惜しいため、ウォレスは彼女が絶対に反応してくるであろう話題をふった。

「そんなことより、現在の勇者さまはどうなんだ」

途端に、ルチアの表情が曇った。話題の選択を間違えたかもしれない。

「じつは、もう追えてないんだよね。勇者様たち、最近あちこち移動してるらしくて。ピートでも追いつけないみたいなの」

「最後に見たのはどこなんだ？」

「ザリア地方に入るところまでね」

「へえ、遠くまで行ったな」

ザリア地方とは、北にある大陸を指す。レインディアと呼ばれる巨大な雪国を中心に、極寒の地ながら栄えている町が多い。ついこの間フェルゼンの問題を解決したばかりだと思っていたが、気付けば月日が流れていたらしい。

「ただ魔王のところに行っても、簡単には倒せないでしょ？　だから今はあちこち情報収集しているみたい。ほら、あの辺は巨大魔法が盛んだから」

「あちこちまわってるなら、足取りがつかめなくなっても仕方ないな」

「そうなの。私の魔力の痕跡を辿って探してくれてるんだけど、やっぱりだいぶ薄くなっちゃったのかな」

いつもならルチアにぴったりと寄り添うピートの姿が見えない。つまり今も、見えない勇者を探して、あちこち飛びまわっているのだろう。

「ピートを酷使するなよ。あんまり北まで来ると、帰れなくなるぞ」

恐らく雪などろくに見たこともないであろうルチアに、忠告する。

ルチアはウォレスを見て、つまらなさそうに視線を外した。

「……………わかってる。でも、やっぱり気になるなあ。勇者様たち……」

まるで息子を戦地に旅立たせた母親のようだ。彼女は、心配性だった。

「便りがないのは元気な証拠なんだろ。ほら、手が止まってるぞ」

気遣うようにウォレスが言った。

ルチアは頷いて、また手元の魔法石をひとつ投げた。良品の籠だ。石はどの石にも当たらず、籠の中に落ちる。

それを見たルチアが苦々し気に下唇を突きだした。

「うーん。あんまりいい買い物じゃなかったみたい。最近こういうの、多いわ」

「そうみたいだな。全体的に濁(にご)ってる」

ウォレスが同意する。

「あー、水晶の森まで行けたら、自分で掘り出すのに！」

水晶の森は、フレイラからさらに南西に行った場所にある。森と言ってもあるのは洞窟の中だ。そこで、魔法石の元となる原石が掘り出されている。

「そんなこと言って、掘り出し方も知らないくせに」

「どうせ行けないもの。好き勝手言わせてもらうわ」

「なんだよそれ」

強引な言い分に、思わず吹き出す。それを見て、ルチアも表情を緩(ゆる)めた。

「……どこにも行けなくても、私たちはこうやってお喋(しゃべ)り出来るから幸せ者だね」

アランが去って行った日に、ルチアとした会話を思い出す。

あれからウォレスは、外の世界にいる夢を度々見る。必ずいつも同じ場所だった。外の世界は知らないはずなのに、それらは鮮明にウォレスの目に焼き付いて離れないのだ。

柔らかな日の差し込む森。さりげなく咲く野花たち。かたわらでは、二匹の蝶(ちょう)が舞っている。

見知らぬ場所だ。

外に出たウォレスは、いつのまにかそんな場所に立っていた。しばらくすると、背後から少女に名前を呼ばれる。恐らく少女なのだが、実際の所はわからなかった。振り返ろうとすると、目が覚めるのだ。

少しだけ、懐かしいような。

「大丈夫？」

現実に引き戻される。ルチアが鏡に顔を近づけ、心配そうにこちらを覗き込んでいた。

ルチアが、もう一度繰り返す。

「大丈夫？　なんだか、心ここにあらずって感じだったけど」

「ありがとう。大丈夫、少し考え事をしていただけだ」

「そうなの？　それならいいけど」

どうせ本の挿絵や、壁に掛けられた絵などから着想を得て、憧れに夢を見ているだけだろう。ウォレスは、図書館の外にある世界など知らないのだから。

目の前の少女をこれ以上心配させないよう、ウォレスは笑みを作った。

＊

異変は突然だった。

ドォォォォオンッ

ウォレスが日課の散歩をしていると、図書館中の魔物たちが急に騒ぎ出した。その数秒後、天地を揺るがすような轟音が響いて、すぐに静かになった。

「反対側か」

舌打ちして、しかしウォレスは図書館の南へと踵を返した。教会の様な天井の高い、しかし壁は全て本に埋まった巨大なホールを横切り、薄暗い廊下を進む。

そこで、数匹の魔物たちが、ウォレスの元へ弱々しく浮きながらやって来た。

「館長、遅いよー」

その内の一匹が、泣きべそをかきながらそう訴えた。

よく見ると、尻の部分は黒く焼け焦げ、腕が一本、鋭利な刃物で切られたようになくなっていた。他の魔物たちも多かれ少なかれ怪我を負った状態で、館長に何かを伝えようと口々に喋っている。非常事態のようだ。

「一斉に喋ってもわからないだろ、順番に話しなさい」

足を止めることなく、ウォレスは魔物たちを諫める。どちらにせよ魔物たちは自然治癒に任せるしかないので、怪我については放っておくことにした。人間に効く薬が、魔物に効くとは限らない。

「おっきな空飛ぶ魔物が、図書館の中に落ちたんだ」「しばらく様子をうかがっておったら、中から人間が二人出てきて」「侵入者だから私たち、戦闘態勢に入ったのだけど」「あいつらめちゃくちゃ強いんだ!」

要領を得ない魔物たちから、何とか重要そうな部分を抽出すると、大体こんな感じだった。そしてその話を聞くうちに、ウォレスは高揚感を覚えている自身に気付いた。

「まさかな……」

自身を落ち着けるためにそう呟きつつ、雪解け水のように鋭く涼しげな魔力と、空気を切り裂いてしまいそうなほどの気迫を、すぐ近くに感じた。早足だったウォレスが、現場に辿り着く頃には駆け足だったのは、仕方のないことだった。

それでも南門がある庭園に出るための扉を開ける時には、無理矢理気を静め、焦れるほどゆっくりと扉を開けた。しかしいくら予想していたとは言え、目の前に広がった光景は、十分にウォレスを驚かすものだった。

「魔法船か、初めて見たな」

林檎の木の間に捻じ込むようにして止まっていたのは、巨大な風船のような物体だった。どうやら浮力に関係した魔法石を媒介にして飛ぶ船らしく、全長は百二十フィート、高さも三十フィートほどあり、平均的な民家がすっぽり入るくらいの、船にしては小型のサイズだ。風船の下には、操縦室らしきものがついており、硝子窓が等間隔で並んでいる。

比較的最近、魔法船の設計図がこの図書館にも収められていたため、ウォレスも存在は知っていたが、見るのは初めてだった。

十中八九先ほどの衝撃は、この魔法船が着陸した時のものだろう。先端が大きく拉げていて、中の人間が心配になったが、ここの魔物たちと対等以上に遣り合ったというのだから、無事に決まっている。むしろ、薙ぎ倒された林檎の木の方が心配だった。

そこにはもう誰もいなかったので、ウォレスはさらに進んだ。

庭園の中の石畳を進み、本館入口に向かう。

数十人が一度に押し掛けても難なく入れそうなほど大きな扉が見えた時、ウォレスが探していた人物たちも見えた。しかし中に入る瞬間だったようで、すぐに見えなくなる。

「お前たちはそこにいるんだ、いいな?」

魔物たちに言い渡すと、彼らは大人しく庭園の草木に隠れた。これ以上戦闘に駆り出されなくて済んだと、ホッとしているかもしれない。

ウォレスが本館に足を踏み入れると、リィリが侵入者の前に立ちはだかっているのが見えた。

リィリは無言で、調理用のナイフを構えたまま動かない。

相手の力量を窺っているのか、侵入者も動かなかった。

「どいてくれ」

侵入者の一人が、凛とした声で言い放つ。その声は広間中に響き渡り、有無を言わせない力強さがあったが、リィリは無言のまま微動だにしない。

「そこをどかないなら、僕は女性であっても容赦はしない」

やはりリィリは動かない。だが、白い指先に、紫水晶のような光が宿った。

侵入者は剣を構えた。もう一人の侵入者も、持っていた身の丈ほどもある杖を前に掲げた。

そろそろ傍観しているのはまずいかもしれない。

「やめなさい」

ウォレスは扉をくぐり、リィリにそう呼びかけた。

一触即発の雰囲気から一転、侵入者二人は慌てて後ろを振り返り、リィリはナイフをすぐさま下ろした。同時に魔力も消える。

「あんたたちが、勇者と魔導士だな。噂はかねがね聞いているよ」

口端を上げてそう言えば、侵入者である少年と少女が、怪訝そうな顔でウォレスを見た。

剣を持った精悍な顔の少年と、物静かで柔らかな雰囲気を持った、魔法を使える少女。想像していたよりも、ずっと大きな信念を持った顔をしている。ただ、少年の思い詰めたような表情は、どこか痛々しかった。

「あなたは……」

少年たちは答えなかったが、ウォレスの予感は確信に変わっていた。

「リィリ、こっちに来なさい」

少年の言葉を遮って、リィリを呼び寄せる。リィリは大人しく二人の横を通り過ぎ、ウォレスの後ろへ下がった。それを目視で確認して、二人に向き直った。

「あなたは誰なのですか？」

少年は剣を構えたまま、慎重に尋ねた。

「俺はここの館長だ」

「ここって、最果ての図書館の？」

ウォレスは頷く。

「そうだ。それにしても、ずいぶんひどいことをしてくれたな。おかげで木が二本と、無数の花が駄目になってしまった」

林檎の木に代わって文句を言えば、少年はバツの悪そうな顔をした。隣にいた魔導士が、ほら見たことかと少年の脇腹を肘で小突いた。

「すみません。何もない場所に着陸したかったんですけど、僕の腕がまだ未熟で」

「まあ落ちてしまったものは仕方ない。それにしてもあんなすごい物をよく手に入れたな。レインディアか？」

感心した様子のウォレスに、敵意を見出さなくなったのか、少年の表情が若干和らぐ。

「はい。レインディアの国王様に、許可を頂いて使わせてもらっています」

　恐らく、レインディアでも何か功績を遺したのだろう。でなければ、いくら勇者と謳われようとも、国家の重要器物であろうそれを、おいそれと貸し出すわけがない。空を飛ぶ船など、このパライナでは、まだ夢物語のような物だ。

　立派に勇者業をやってるじゃないか、ウォレスは親心に似たような気持ちで、そう思った。もちろん、表情には出さない。

「よくこの場所がわかったな」

「ここのお伽噺は有名ですし、それに、ここから一番近い村で、図書館に行って来たという商人と出会いました。初めは嘘かと思いましたが……」

　図書館まで来た商人と言えば、アランしかいないだろう。

　驚きで声が出なかったウォレスに気付かず、少年は言葉を続ける。

「その商人は、見たこともない結界の残骸を見せてくれました。ここに来る時ちらりと見えましたが、この図書館に張ってある結界と同じ系統のものですね。商人は図書館の場所と、正面から入れないことを教えてくれました」

「……それで空から強行突破か」

「はい、おかげで黎明の遺跡や迷宮の森は通らなくて済みました。その商人から旅道具を補充出来たのも、とても助かりました。村人たちは僕らを余所者扱いして、ろくに物を売ってもらえなかったから。いや、世界が荒れた現状では、仕方のないことでしょう」

ウォレスは、土産話はお金になりますと笑っていたアランを思い出す。

ルチアといい、アランといい、ウォレスは、重なる偶然に驚いた。どうやら、この少年たちとは、なにかしら縁があるらしい。

しかし驚いてばかりもいられない。ウォレスには、この図書館の館長としての仕事があった。

「本題に入ろう。ここに何しに来たんだ？」

答えを聞かなくても、彼らがここに来た理由の予想は付いていた。

和らいだはずの少年の顔が、緊張でぐっと強張(こわば)る。

「この場所なら、魔王を倒す方法がわかると思って、やって来ました」

ほらやっぱり。ウォレスは予想通りの言葉に満足を覚えた。

「なんでここに魔王を倒す方法があると思った？」

「最果ての図書館には、世界の全てが記されていると聞いています。それに、魔王の城からこんなに近い場所にあるのに、この図書館は侵略されない。それは何か魔王の弱みを握っているのではないですか？」

弱みを握るような、そんな卑劣なことはしていない。ウォレスは憮然(ぶぜん)とそう思う。

この幼い英雄をどうすべきか。

ウォレスは館長として、最初から知っていた。

これは、図書館の意志だ。

「ここは中立な場所だから、俺が協力することは出来ない」

「そんなっ」

少年の顔が、悲愁に色濃く染まった。よほど焦っているのだろう。

ウォレスは両手を広げて、図書館全てを示した。

「ただし、あんたたちの役に立つかもしれないものがある場所まで案内することぐらいは出来る。ただこっちも簡単には渡せない。その試練を超えられるかどうかは、あんたたち次第だ。どうする、ついてくるか？」

「……行くよ。僕たちはそのためにここに来たんだ」

「そうか。なら、ついて来なさい」

ウォレスは返事を待たずに、勇者と魔導士の横をすり抜け、図書館の奥へと歩いて行った。すり抜けた際、魔導士の少女の首に、包帯が巻かれているのを目にする。先ほどから話しているのは、少年一人。

「声が出ないのか？」

二人が付いてきたのを確認して、歩きながら聞く。返ってきたのは、少年の声。

「そうです。彼女は幼いころ大病に侵されてから声が出ない。初めは、彼女の声を戻すために旅に出た。でも世界は僕と彼女を、魔王討伐の旅に出させました」

ルチアからは、聞いていなかった話だ。

ウォレスはちらりと後ろに目をやって、二人を観察する。少女は喋れないのが嘘のように、毅然としていた。目が合って、ウォレスは動揺を悟られないように、前を向いた。

「いいのか。こんな所で油を売っていて。今からだって、彼女のためっていう、本来の目的に戻ることだって出来るんだぞ。彼女が大事なんだろう？」

「当たり前です」

「魔王を倒しても、彼女の声は戻らないんだぞ？」

意地が悪いと自分でもわかっている。だが聞かずにはいられなかった。

「わかっています。でも彼女自身が、自分は大丈夫だから行こうと、僕の手のひらに綴った。だから僕は旅立つことにしました。彼女のためにも、僕は立ち止まるわけにはいかないのです」

ウォレスは、この少年が羨ましくなった。ひたむきで純粋で、誰かを守ろうと必死になれる。そして、守る強さを知っている。

初めから巨大な魔力を持っているウォレスより、きっと彼は強くなる。しかし、それは同時に危険なことでもあると、ウォレスは暗い気分になるのだった。

＊

「ここだ」

「ここ？　行き止まりですけど……」

疑問に思うのも無理はなかった。

目の前には灰色の石壁が広がるばかりで、他には何もない。壁は角の丸い石を隙間なく並べたもので、鼠が通れるような隙間さえない。

「そんな簡単に見つかる場所に、隠してあるわけないだろ」

「それはそうですけど、隠し扉でもあるんですか？」

「まあ見ていろ」

ウォレスが目を閉じて、意識を集中させる。すると青みをおびた光が、指先から始まり、身体中に広がっていく。目を開けば、手に強い魔力が宿っている。その威力がわかったのか、魔導士が息を呑んだ。

そのままウォレスが壁際まで歩くと、何もなかった壁に突如円形の紋章が現れる。手をかざすと、その青い光はさらに強まり、その強光に思わずウォレス自身も目を細めた。

やがてパズルのように組み合わさっていた石たちが、カタカタ音を鳴らしながら浮かび上がったかと思うと、三人を通すように横にずれだした。そしてものの十秒ほどで、壁が完全に無くなった。そうして現れたのは、下りの階段。両脇は相変わらず石壁で、階段自体が螺旋を描いているらしく、どこまで続いているのか知ることは出来ない。

「下りるぞ」

「は、はい」

勇者は覚悟を決めるように口を固く結んだ。隣の魔導士の手を握ると、先に下り始めたウォレスを追うように、階段を下り始めた。

その階段は、冥府の世界まで行くのかと思うほど、長かった。気が遠くなりそうなそれは、急でもなく、かといって緩やかでもなく、しかし着実に三人を地下へと押しやった。

辺りは薄暗く、足元を補助するように、度々壁に手を添える。壁は冷気を溜め込んでいるのかひんやりとしていて、乾いた石のにおいがした。

時間の概念が無くなりそうな《空間》の中で、ウォレスは思いを巡らせる。

この螺旋階段の途中途中にある魔法珠は、図書館に溢れる魔力で灯されている。その魔力を維持しているのは紛れもない自分自身。この先にどんな試練が待っているかも知っている。勇者たちが何をしなければいけないのか。光景まで浮かぶほどだ。

それにもかかわらず、ここに来るのは初めてだと確信していた。これは図書館の知識であって、ウォレスの物ではない。その証拠に、試練の先に何があるのか、彼は知らなかった。館長の役目は勇者を試練の場まで運ぶことであって、その先を知る必要はないと言わんばかりだ。

この図書館に馴染めないのは、結局のところそういう部分なのだ。

館長であるはずの自分が、最も疎外感を感じている。形だけの主。この《空間》は、ウォレスに対して排他的過ぎるのだ。

「疲れたら言うんだよ」

後ろでは、勇者が魔導士を気遣いながら、彼自身は息ひとつ乱さず付いて来ていた。魔導士からは当然返答がなかったが、恐らく嬉しそうに頷いていることだろう。

ウォレスは無言で歩き続け、今回の件をどんな風にルチアへ伝えるか考えることに専念した。

＊

どれくらい下りただろうか。実際はそれほどでもなかったかもしれない。しかしウォレスには、途方もない長さに感じられた。日頃から身体を動かすべきだな、自嘲気味にそう思う。

「着いたぞ」

「ここが……？」

目の前には、また石の壁。それをウォレスは先ほどと同様のやり方で開けてみせる。

先に広がっていたのは、とてつもなく大きな《空間》だった。階段に使われているような石とは違い、姿が映りそうなほど磨かれた、青みをおびた石が一面に敷かれている。その床は生きているがごとく、瑪瑙のように波紋を広げ、うすぼんやり発光しているようだった。天井は暗く見えない。大の大人が五人、精一杯腕を伸ばしても手を繋ぎきれないような太さの柱が六本、その暗闇から垂れ下がるようにして支えていた。

そしてその奥に、何かがいた。

「な、何だ、あれ……」

勇者は愕然とし、太ももが痙攣したように震えた。魔導士の少女も口元を押さえて驚き、怯えたように半歩後ろへ下がった。二人は、その巨体を見上げた。

それは巨大な漆黒の犬だった。犬は口端から泡をまき散らし、狂犬のように唸っている。鼻に皺を寄せては、その牙を見せびらかした。だがなにより恐ろしいのは、犬の頭がひとつではないことだった。一体の身体に三つの頭が、少し窮屈そうに生えていた。そして三つの頭に二つずつ、合計六個の赤い獰猛な目玉が、三人を見ていた。彼らにとって、人間など腹の足しにもならないだろう。しかも、明らかに友好的ではなかった。近づけば、氷柱のように尖った牙で、刺し貫かれてしまうに違いない。

幸いにも犬には首輪が付いており、背後の壁に頑丈な鎖で繋がれているようだった。それでも、かなりの迫力がある。

「……番人ケルベロスだ」

「け、けるべろす？」

馴染みのない名前のようで、勇者はたどたどしく繰り返した。

「あの通り、三つの頭を持つ犬だ」

伏せていた犬が、大仰に立ち上がる。死神が持つ鎌のような爪が地面にあたり、音を立てた。

「あ、悪魔だ……あれは、悪魔だ」

ケルベロスから目を逸らさず、勇者が熱に浮かされた譫言のように繰り返した。

それをウォレスが律儀に訂正する。

「番人だ。悪魔のように、悪戯に誰かを引き裂いたりはしない。彼はね、守っているんだ。何かしら大事な物を守るのが趣味なんだよ。その守っているものを、理由はどうであれ脅かすものを全力で排除する。だから番人……番犬の方が正しいか？」

「守っている物……」

「見ろ、あいつらの後ろに、扉があるだろ？」

ウォレスが指し示した先には、この《空間》に不釣り合いな木製の小さな扉があった。しかしそこを通り抜けるためには、ケルベロスの横を通らなければならない。それはどう上手くやったとしても、ケルベロスの牙が届く範囲だった。

「あの怪物と、戦えって言うのか？」

どうやら勇者は、ウォレスの言わんとすることを理解したようだ。

百戦錬磨の勇者でも怯むほどの存在。

この犬を配置したのは、ウォレスではない。ケルベロスは図書館の魔物たちとは違い、ウォレスの指示には従わない。彼の今の主は、魔王だ。

ここは中立の場所である。それは、今現在のように人間に手を貸すのと同時に、魔王にも手を貸すという意味でもあった。図書館が魔王を快く思っていないのは明白であり、人間に手を貸すかもしれない。魔王はそれを危惧している。そういった恐怖が、この《空間》とケルベロスを生んだのだ。図書館に影響を与え、具現化するほどの力が、魔王にはあるということだ。

しかしその力が図書館を覆い尽くすことはない。せいぜい図書館に影響のない場所で、犬を一匹召喚する程度だ。中立である図書館は、それを黙認している。

今のケルベロスは魔王を主人としているが、図書館に危害を加えるようなことはない。ケルベロスより、この図書館の方が強いからだ。だからウォレスにその意志があるのなら、勇者たちが望んでいるものを取って来ることが出来る。

だが、ウォレスはそれをしない。

図書館の意思にそぐわないことを、ウォレスはしなかった。

「本当にあんたが勇者なのか確かめるためにも、ケルベロスを倒して先に進むんだ」

「…………」

ケルベロスは新しい玩具を品定めするように鼻を動かし、大蛇のように真っ赤な舌で口周りを舐めた。

「無理か？　それとも俺があんたたちを騙していると思ったのか？　安心しろ、あの扉の向こうには、あんたたちが必要とするものがあるはずだ」

勇者は軽口をたたくウォレスを黙らすように睨み付けた。

闘志に燃えた、戦士の目だった。

「僕たちを見くびるなよ。旅をしている間、沢山の人が苦しんでいるのを見たんだ。森に入った子供たちが凶暴化した魔物に襲われたり、作物が枯渇して飢えに苦しんでいる村があったり、蘇る魔物が町を破壊して難民が出たり。沢山の人の、絶望の叫びを聞いた。その人たちの希望を背負って、僕たちは今ここに立っている。だから、立ち止まるわけにはいかない。目の前を阻む敵を倒すことに、ためらったりしない！」

最後の言葉を掛け声として、勇者は剣を抜いた。細身の剣は勇者を映し、その先端は目の前の敵に向けられた。もう震えはなく、仁王立ちでケルベロスを睨み付けた。

ケルベロスが広間を破壊するのではないかと心配になるほどの咆哮をしてみせた。図書館が吹き飛びそうなほどの嵐の夜でも、こんなに不安をかきたてないだろう。繋がれた鎖が終末を知らせる鐘のように、恐ろしい音を立てて張った。

「アリアッ、僕の前に出るんじゃないぞ！」

少年が叫ぶ。

ウォレスは入口付近で、その様子を見ていた。まるで無茶をする若者を、好きにさせながらも心配する老人のように、彼らを見ていた。

ケルベロスは強い。見た目通りだ。もちろん、倒さなくてもいい。横をすり抜けて扉をくぐってしまえば、ケルベロスはその巨体と鎖のせいで追いかけることが出来ないからだ。しかしケルベロスの俊敏さは、人間のそれを軽く凌駕する。さらに魔王が召喚しただけあって、この狂犬は魔法にも耐性があった。無傷で通り抜けることは、不可能に近い。しかも、魔王の力はここ最近さらに強力になった。ケルベロスもそれだけ凶暴になったということだ。

「さあ、どうする。勇者さま」

独り言だ。しかしその言葉に奮起したように、剣を構えた勇者が走り出す。三つの頭がそれぞれの牙を剝き出しにした。

勇者が飛び上がった。真ん中の頭が大きく口を開く。剣と牙が激しくぶつかり合い、火花が散った。その反動を利用して、空中で回転した勇者が、ケルベロスの鼻上に飛び乗る。目を狙って走りながら切り込むが、ケルベロスが大きく頭を振ったため姿勢を崩し、吹き飛ぶように落下した。

右側の頭に、魔力が宿る。目に変色した血のような赤を湛えた次の瞬間、赤黒い稲妻が、落下する勇者の後を追った。

「……っ!」

魔導士の杖に水色が宿ったかと思うと、その魔力は疾風のごとく走り出し、赤黒い雷にぶち当たった。衝突した二つの魔法は、弾け飛ぶように相殺される。その隙に、勇者が軽々と地面に着地し、そこに飛びかかってきた、三つめの頭を剣で受け止めた。

勇者が剣で応戦し、応じきれなかったものを魔導士が魔法で弾く。しかし魔導士の魔法はケルベロスには効かず、勇者は次々襲いかかってくる頭たちを受け流すことに精一杯だ。

ウォレスは傍観する。少しだけ戸惑いながら。何かしなければならないのではないかという、焦燥感に似た何かが、時々頭をもたげるのだ。

二人の体力と魔力だけが、削れていった。狂犬は、今も好戦的に牙を剝き出している。

「アリア、援護してくれ！」

勇者が叫ぶと、魔導士の足元に魔法陣が生まれた。巨大魔法を使う気のようだ。魔導士が杖を大きく掲げる。ケルベロスの頭を、おびただしい量の尖った氷の粒が襲った。その隙を突いて、勇者がケルベロスの下に入り込んだ。足元で剣を横に薙ぎ払う。鮮血が飛んだ。深く切り裂いたものの、ケルベロスは思ったように体勢を崩さなかった。崩さない所か、

「アオオオオオオオオオオン！」

後ろに引いたケルベロスが一斉に吠えた。その咆哮がまるで暴風雨のように形となって勇者を襲い、その身体を後方に吹き飛ばした。背中から勇者が地面に落ちる。

歯の隙間から漏れるような呻き声が、ウォレスの耳に入った。

右側の鼻面に、魔法陣が形成される。向こうも大型の魔法を繰り出すつもりだ。魔導士は先ほどの巨大魔法の反動で、動けずにいる。

ウォレスの右足が微かに動いた。

その時。

キーッ
この広間に不釣り合いな音が、全員に聞こえるような大きさで響いた。

音を出したのは、魔導士の少女だった。

「アリア？」

一瞬今の状況を忘れたように、少年は少女を見た。ウォレスも少女を見た。ケルベロスさえ、少女を見ていた。鼻面の魔法陣が掻き消える。

声を出すことが出来ない少女の口元には、一つの笛があてられていた。滑らかに磨かれた丸石に、いくつかの穴が開いた、一見オカリナのような、小さな笛だ。

少女は、ケルベロスを一瞥すると、静かにその笛を吹きだした。

「…………っ」

ウォレスは驚愕に目を見開き、壁から背を離して少女を見つめた。

たどたどしくて、時々外れたような音を出すが、曲にはなっていた。どこかの村で代々歌われていそうな、古臭い民謡のような曲が、広間に響き渡る。下手くそだった。けれどその音には不思議な魅力があった。玲瓏としたその音色は、聞く者の心を奪うような美しいものだったのだ。そしてその旋律が、ウォレスには聞き覚えがあった。すぐに思い出す。

ルチアの歌だ。

ルチアが、自分の宝物を勇者たちに託したと言っていた。その宝物とは、きっとこの笛だ。ウォレスは確信する。そして彼女が得意とするのは、動物魔法。恐らくルチアは、魔法を使う時、この笛を吹いていたに違いない。

魔女の宝物は、魔女の魔力が一番込められているという。

少女は大舞台に立つ歌手のように、臆することなく吹き続けた。かなり息を吹き込んでいるようで、白い顔は赤くなり、青くなり、苦しそうだった。しかし少女は吹き続ける。少年は少女を見守っていた。

やがて変化は起こる。

「ぐるるるる……」

よたり、ケルベロスが足を踏み外したように後ろに下がり、あろうことかそのまま座り込んでしまった。さらにはそのまま前足を枕にして、寝そべった。獰猛だった六つの目が、生まれたての子犬のようにとろんとしたかと思うと、すぐに眠り始めたのだった。

狂犬の殺気が完全に消えたところで、ようやく魔導士は口から笛を外した。ふらふらとその場に座り込みそうになるのを、慌てて走り寄った勇者が支える。

ウォレスも身の安全を確認したところで、二人に近づく。

「まさかこんな倒し方をするとは思わなかった。驚いたよ」

勇者は唖然としたまま、しかしどこか放心状態のように頷く。

「僕も驚いた。それに、少し拍子抜けしたよ」

「ケルベロスは音楽に弱いんだ。よく知っていたな」

勇者は魔導士を見て、しかし少女は首を横に振った。驚いたことに、知らなかったようだ。

「その笛はどこで？」

ウォレスが尋ねると、少女の代わりに勇者が答える。

「はじまりの町で、助けた女の子に……。この笛の音色は特別だからって。相手の攻撃力を低下させて、こっちの魔力を回復する効果があるんだ。アリアは時々、教えてもらった曲を練習していた。戦いの時だけじゃない。もし落ち込んだ時や怖い時、立ち向かえそうもないほどの困難にぶつかった時は、吹いてみるといいって……そうだな、僕も一瞬だめかと思ったよ」

そう言って、少女を抱きしめた。少女の身体は、小刻みに震えている。それでも二人は、しゃがみ込むことも、もう嫌だと泣き叫ぶこともしなかった。

ウォレスは二人の見ていないところで、ゆっくりと微笑んだ。

ルチアの心配性は、思ったよりも役に立つらしい。

「おい、ケルベロスは眠っているだけなんだ。いつ起きるかまでは俺も知らない。早いところ行った方がいいんじゃないのか？」

あえて挑発するような声で言った。

「わ、わかっています」

少年は顔を赤くして少女から離れ、ケルベロスの背後にある、小さな扉に向かって行く。少女も小走りにその後を追った。

申し訳程度の閂を外し、少年が扉を開け、中に入った。魔導士とウォレスもその後に続く。

「あれは……剣？」

中は小さな入口に相応しく、狭かった。天井も広間を見た後だと、低く圧迫感がある。

部屋の真ん中に、人一人が寝ころべるほどの台座があった。歪な石造りで、実際に寝たら腰を痛めそうだ。そしてその台座の上には、一本の剣が眠るように横たえられていた。その脇に、一冊の古びた本が添えられている。それだけだった。

三人が近寄ると、剣は待っていたと言わんばかりに、きらりと輝いた。

ウォレスはその剣を見ると、ふるりと身震いした。どことなく、初めて見た気がしないのだ。しかし間違いなく、見るのは初めてだ。ウォレスは己のよくわからない思考に、首をひねる。

図書館の知識だろうか。

そんなウォレスにかまわず、二人は剣を覗き込んでいる。

「図書館に剣なんて似合わないな。でも、とても良い剣だ。刃こぼれひとつ、曇りひとつない」

魔導士が、そばにあった本を手に取る。パラパラとページを捲る少女の手元を、ウォレスも覗き込んだ。それは、誰もが知る物語だった。ウォレスでも知っている。勇者が、魔王を倒しに行く、この世界を代表する物語だ。

当然、ここにいる誰もが知っている。

「それは、『光の勇者』の本だ。ということは……この剣は、光の勇者様が使っていたものということか？」

少年が恐る恐る剣を手に取る。ウォレスも思わず身を寄せた。

勇者に掲げられた剣は、同意するかのように青白く光り出した。それは夜明けのように部屋中を照らし出す。

ウォレスの背筋が、知らぬ間に震えた。これが敬意というものだろうか。

「すごい、剣から力が伝わってくるみたいだ」

勇者は剣を高々と掲げて、しげしげと眺めた。

「……それが、あんたたちが必要としていたものってことでいいんだな？」

「ああ、これがあれば、魔王を倒せるかもしれない！」

喜びに勇者の声は震えた。遠い昔の、言わば自分の先輩から、お墨付き(すみつ)を貰(もら)ったような感覚になったのだろう。

「魔王を倒した気にならないことだな。そもそもその剣を使いこなせる腕がなきゃ」

ウォレスが茶化すように言えば、魔導士(まどうし)がクスクス笑いだした。袖で口元を隠しているが、確実に笑っている。

「そんなの、使いこなしてみせるさ。万が一今は使いこなせなくても、僕は諦(あきら)めたりしない。

絶対使いこなしてみせる！」

勇者は顔を赤くしながら強気に言った。

「ケルベロスであんなに怯えてたら、どうかな」

「むっ、あれは準備運動だ」

「あんたな、嘘吐くならもう少しマシな嘘を吐けよ」

「うるさいっ、アリア、君まで笑うな！」

怒られても、少女の笑いは収まらないようだ。申し訳なさそうな目で勇者を見ながらも、袖を口から外すことはなかった。

そんな二人を見ながら、ウォレスは考えていた。あの剣が光の勇者の物だとして、なぜここにあるのだろうか、と。

その時、突然ウォレスの頭の中に夢の光景が蘇る。

なめらかな春の午後のような森。愛らしくさりげなく己を主張する花たち。そばでは、二匹の蝶が舞っている。薄い黄色だ。その中心に、ウォレスは立っていた。柔らかな風が空に抜けて、その音を追いたくて思わず蒼空を見上げる。

「ウォレス」

背後から、少女の声。

名前を呼ぶその声は、心を許し切ったような甘い声だ。大切な友人を呼ぶような、優しげな声。その声に応えたくて、ウォレスは振り返ろうとする。

「おい、館長？」

勇者の声がして、ウォレスは現実に引き戻される。視線の先に少女はいない。ただこの部屋に入って来た時に通った扉があるだけだ。

「急に振り返らないでくれ。また怪物が襲ってきたのかと思った」

ウォレスは慌てて二人へ視線を戻す。

白昼夢だろうか。

「あ、ああ。悪かった」

「どうかしたのか？　なんだか、焦点が合っていないぞ？」

「いや、なんでもない。そろそろ戻ろう」

ウォレスはきっぱりと言って、もう一度二人に背を向けた。

もちろん、誰もいなかった。

＊

奈落からの帰り道には、一片の救いもなかった。ただただ、苦痛だ。ウォレスは魔導士の少女より息を切らし、二人に心配されたほどだった。少女の持つ杖が羨ましいことこの上ない。

ようやく地上に辿り着いた時、ウォレスはこれまでになくぐったりとしていた。

「だ、大丈夫か？」

「あー……今度からもう少し運動するようにする」

「そ、そうか？　そうだな、もう少し体力を付けた方がいいかもしれない」

最初の敵対心はどこへ行ったのやら、勇者は壁にしな垂れかかるウォレスを、本気で心配しているようだった。魔導士も、おろおろしたように革袋に入った水を差し出してくれたが、丁重に断った。引き籠もりが旅慣れした二人と、体力が等しくあるとは夢にも思っていなかったが、これは情けなさすぎる。

陽はまだ残っていたが、かなり傾いていた。ルチアはきちんと魔法石の仕分けを終わらせたのだろうか。ウォレスはなぜか自分を差し置いて、人の心配をしていた。

しばしの休憩をはさむと、ようやくウォレスは立ち上がり、二人に尋ねた。

「これからどうするんだ？」

二人の無事と進路を聞けば、ルチアが喜ぶに違いない。

勇者と魔導士は顔を見合わせ、頷き合った。

「あ、えっと、もう少し修練を積むことにするよ。恥ずかしい話、さっきあなたに言われた通り、この剣を使いこなすには、僕はまだまだ未熟だと思う。だからもっと世界を見て、強くなって、自信がついたら魔王の元に行く。それまで皆を待たせてしまうことになるけど、でも今魔王に戦いを挑んでも、勝てないと思うんだ」

「そうだな。それでいい」

焦っても、どうしようもないこともある。

勇者がまじまじとウォレスを見上げた。ウォレスを見上げるほど、勇者はまだ成長途中の少年だった。しかし世界を託されるほどに、ひたむきで強かった。

勇者の手には、光の剣が。剣は少年に心許したように、その手に寄り添っていた。

「光の勇者さまとやらは、あんたを認めたんだ。だからこうして剣を託した」

ウォレスが言った。

勇者の顔に、影が射す。

「僕は、物語の主人公になれるほど、すごくない。大事な幼馴染を後まわしにして。挙げ句の果てに連れまわして、世界を旅するような奴だ。しかもそれをいまだに悔いている。とても光の勇者様みたいにはなれない」

魔導士も、苦しそうな顔をした。彼の役に立ちたいのに、己の存在が彼を苦しめていることが、つらいのだろう。

しかし、ウォレスは思う。想い想われることの、何がそんなにいけないことなのか。大切な者を守ろうとすることが、悪いことだと言わんばかりだ。世界を救うために、勇者は奴隷のように、全てを諦めて生きなければいけないのだろうか。

「なに言ってるんだ。勇者業は世界を救うために魔王だけ見てなきゃいけないなんて、誰が決めた？　その結果が、あれだ、光の勇者は姫を助けられなかったんだぞ。魔王しか見ていなかったからだ。どこがすごいんだよ。あんな奴を見習うなんて趣味が悪い。あんたはその子を精一杯守っている。その子もだからあんたに付いて来たんだ」

「それは……」

「あんたはその剣だけ利用させてもらえばいい。あとは真似する必要なんてない。全部いらない。世界も彼女も守りたいなら、それこそ、そんな些細なことで迷う必要はない」

二人の会話を、魔導士は勇者の後ろで静かに聞いていた。そして、ウォレスに向けて口をパクパクさせてみせた。読唇術の心得がないウォレスでも、今のは理解出来た。

ありがとう、と。

少女はお礼を言っていた。ウォレスは、その言葉に複雑な表情を返す。

なぜ自分がこの二人に、こんな話をしているのだろう。

こんな、こんな友人を励ますような言葉を口にしているのだろう。

「……あなたは、とても変わった人だ」

「よく言われる」

勇者の言葉に、ウォレスはぶっきらぼうに返事をする。

「よく？　この図書館には、よく人が来るのか？」

怪訝な顔で、勇者は周囲を見渡す。三人の他に、人の気配はない。そういえば、リィリはどこへ行ったのだろうか。

「最近な。あんたたちを含めて」

「そうか、じゃあ寂しくないいな」

勇者は爽快に笑った。年相応の笑い方だった。

「寂し……くは、ないな。別に」

そうは言ったものの、ルチアと出会う前は寂しくて仕方なかったのも事実だったが。

「そうだ、僕たちと一緒に来ないか?」

「は?」

「少しくらいここを留守にしたって、大丈夫だろう? あなたの魔力は強い。あなたが仲間になってくれるなら、僕たちとしても心強い」

勇者が言った。魔導士も真剣な面持ちで頷く。

「馬鹿言うな。人にはそれぞれ役割があるんだ。俺はここを空けるわけにはいかない」

きっぱりと断る。

「でも……」

「それにさっき見ただろう。俺が付いて行ったって、運動不足ですぐにくたばるさ。そうなったら、ただのお荷物だよ」

自嘲気味に笑いながら、ウォレスが言った。

頭では付いて行くなど出来ないとわかっているのに、心臓が、高鳴っている。まるで、世界を股に掛けた冒険の前触れのように。しかし、やはり駄目だ。首にも手にも足にも、身体中が枷に囚われていて、ちょっとやそっとでは動きそうにない。

勇者が何か言おうとするのを、魔導士が止めた。視線を交わす。二人は、長いこと一緒にいただけあって、それだけで何となく会話が成立するらしい。

ウォレスは、呆れた。冒険は勇者と魔導士で、きっちり成立しているじゃないか。

「マスター」

「うおっ……リィリか」

相変わらず神出鬼没のリィリが、背後から現れた。

振り返ってリィリを見れば、腕に何か抱えている。土で汚れた毛布だ。また怪我した小動物でも見付けたのだろうか。リィリは見付けたものは全て、館長の許可を取ってから保護していた。

「どうかしたのか？」

気になったので、声を掛けながら、その毛布の中を覗き込む。

そして、息を呑んだ。

「庭園で見付けました」

そうリィリが説明するのも、ウォレスの耳には届かない。

いたのは、見覚えのある小鳥だった。夏の稲穂のような目を見張る黄緑に、頭部からひょこりと飛び出ている一本の羽根。

「ピート……」

ウォレスが恐々名前を呼べば、目を閉じてぐったりしていた小鳥は目を開けて、ぱちぱちと瞬きしてみせた。どうやら、長距離移動に疲れ切っているだけで、怪我をしているわけではないようだ。

そしてピートの足には、これも見覚えのある、小さな魔法石を編み込んだ、白地に赤と黄色の模様が入ったタペストリーが括り付けてある。道中止まり木などで擦れたのだろうか、若干薄汚れていたが、間違いなくルチアが作っていた、あの御守りだ。恐らくピートは、たまたま魔導士が持っていた笛に残っていたルチアの魔力を見付けて、ここまでやってきたのだろう。

しかし今回ピートは、勇者を追っていたわけではなかった。ルチアは小鳥に、ウォレスの元へ飛んで行くように言ったのだ。

「…………やめてくれって、言ったのにな」

先ほどから、口に出す言葉と感情が一致しなかった。

じわりじわりと、ウォレスの心に、温かい何かが広がっていく。それは年月をかけて凍った氷が、内部から溶けるような感触に似ていた。

鏡の中だけではなかった。ルチアは、このパライナで生きていてウォレスと関わっている。ウォレスは、これまでで一番、あの溌剌として誰よりも心優しい少女に会いたくなった。鏡越しじゃない。直接、手を取れるような距離で、そう、勇者と魔導士のような、隣にいるような距離で会いたいと願ったのだ。

それと同時に、今までで一番、この図書館に閉じ込められているのだと、首には見えない枷が付いているのだと実感した。

心が動いても、ウォレスの足は動こうとしない。

ピートの前に手を差し出すと、小鳥は起き上がり、リィリの腕の中からウォレスの元へと移った。思っていた通りのふわふわした感触に、ウォレスから笑みがこぼれる。

「よく来たな」

「ピピッ」

リィリは黙って、ただ鳥の動きを目で追っていた。

「俺は、一緒には行けない。ここには大切な友達がいるんだ」

後生大事そうに小鳥を抱えてそう言うウォレスに、勇者と魔導士はまた顔を見合わせた。そして勇者は諦めたようにため息を吐いた。

「本人がそう言うならしょうがない」

「……だけど、あんたたちの武運くらいなら願ってやってもいい」

彼らが危険な目に遭って、最悪の結果にならなければいい。

「……また会いに来てもいいだろうか？」

勇者が言った。

それは、ウォレスにとって、魔法の言葉のようだった。

「もちろん。ここは図書館なんだから。だけど、魔法船で突っ込んでくるのは、金輪際なしにしてくれよ」

「そっちこそ、怪物はもうやめてくれ」

勇者が苦々しく言うと、魔導士が神妙に頷いたので、リィリ以外の全員が笑った。

閑話

「闇の魔王の物語」

むかしむかしのお話です。

あるところに、男がひとり住んでいました。

ある日ある時ある場所で、男は小さな欠片に出会います。

その欠片は本当に小さくて、まるで蟻でさえ溺れさせることが出来ない朝露のような大きさで、岩の中で眠る水晶の欠片のように透明でした。男はその儚くも美しい欠片を気に入って持って帰ろうとしましたが、なぜだかその欠片はその場所から動きません。

「もしかするとこの欠片は、《空間》の核かもしれん」

彼は納得して、でもその核が好きで好きでたまらなかったので、毎日のようにその《空間》へ足を運びました。男は幸せでした。

ある日、男は腹が立って、そばに植えられていたバラをぐしゃぐしゃに蹴散らしました。

するとその日会いに行った欠片は、ほんの少し黒ずんでいました。

ある日、男は喜びでいっぱいで、花売りの女の子から、売れ残っている花をみんな買ってあげました。

するとその日会いに行った欠片は、透明に戻っていました。

ある日、男はまた腹が立って、森に入って魔物を殺しました。男は強かったのです。

するとやっぱり、その欠片は少し黒ずんでいました。

男は叫びます。

「なんて美しいのだ！」

男は、欠片が透明であることより、黒くあることを望みました。

ためしにその《空間》に一匹の魔物を連れて来て、殺してみました。

欠片はさらに黒くなっていきます。

黒い欠片はまるで黒曜石のように、水に溶けだした夜のように、透明だった欠片を染めていきます。男はその欠片にすっかり魅せられていました。

《空間》も、男が好きなようでした。

男はもう腹が立っていません。しかし彼は欠片のために、彼自身が思いつくあらゆる悪事に手を染めました。男に命乞いをした魔物たちを町にけしかけ、森や海を荒らし、美しい姫を攫いました。

透明だった核は、世界の裏側よりもまだ暗く、奈落の底よりもまだ黒くなっていました。

男は《空間》を愛し、《空間》もまた男を愛しているように思えたのです。

ある日ある時ある場所に、勇者と呼ばれる青年が現れた時も、男は欠片をさらに美しくすることばかり考えていました。

「私はお前を倒すためにここに来た」

「そうか、それは好都合だ」

いつからか魔王と呼ばれていた男は、いつのまにか黒い剣のようになっていた欠片をつかみました。

二人は剣をかまえます。

黒い剣と白い剣。

やがて戦いがはじまって、そしてそれは長いこと続いたのです。

魔王は勇者の手から剣を弾き落とし、黒い剣を振り下ろそうとしました。核は今までのどんな時よりも、漆黒に染まっていました。

勇者を殺せばもっと黒く染まるはずです。

男は幸せでした。

しかしそこに、魔王に囚われた美しい姫が、魔王の腕に摑みかかったのです。魔王は一瞬彼女の魔法に拘束され、そして勇者にはその一瞬でよかったのです。

白い剣が魔王を捉えました。魔王が声もなくその場に倒れ込む時。黒い剣となった《空間》の核が、魔王の手からすべり落ち、彼を摑んでいた姫に突き刺さったのです。

魔王は倒れました。

勇者が姫を唖然と見下ろしています。

男はもう青年も少女も見えていません。男はいつの間にか透明な欠片に戻った、《空間》の核を見つめていました。

男は静かに息を引き取るその時まで、欠片を見つめていました。

いつまでも、いつまでも。

これはむかしむかしの、誰も知らないお話です。

第四章　「探す物語」

「あいつら……勇者じゃない、泥棒だ。じゃなかったら、盗賊だ」

勇者一行が応急処置を施した魔法船でなんとか旅立った後、ウォレスは不満をもらしながら図書館中を歩きまわっていた。

疲れているだろうからと、一泊させたのだ。当然魔物やリィリには、彼らを傷つけるようなことはするなと言いつけて。それがいけなかったらしい。彼らは図書館中の宝箱や簞笥を軒並み漁っていったのだ。ウォレスが気付かなかった所を見ると、手馴れているようだ。勇者だから何をしても許されると思うなよと憤りを露わにしつつ、路銀の足しになるのなら仕方ないかなと思う、甘い考えの自分もいる。

「あーくそっ、結局勇者なら許されるんじゃないか」

悪態をつきながら、被害状況を調べていた。

持ち歩いていた御守りや秘薬は無事だった。彫刻品や絵画、本も当然のことながら無事だ。本を盗ろうとすれば、魔物たちも黙っていないし、何よりウォレスにすぐに伝わる。持って行ったのは、傷薬の類や食料品、あとは特殊な魔法石をいくらか。

「まあ、大した被害でもない……のか？」

と、思ったら、東館にある隠し扉の結界が解かれていた。ウォレスが地下に下りる際解いた結界を簡略化したものだったため、どうやら解くのを見ていた魔導士が、見様見真似で解いたらしい。ケルベロスに怯えていたので、正直あまり強そうには見えなかったが、実際この旅で相当実力を付けたのだろう。ウォレスは怒ることも忘れて感心してしまった。

中に収蔵されているのは、パライナ史の初期に作られた本、つまり貴重な古書たちだ。その他には何もなかったはずだ。せっかく結界を解いて入ったのに何もなくて、きっとがっかりしたはずだ。そう思うと、ウォレスは意地の悪い笑みを浮かべるのだった。

その時。

カタカタと、奥の方で鼠の走るような密かな音がして、ウォレスは肩を揺らした。この図書館には、鼠除けの魔法が掛かっている。大事な本を鼠に齧られるわけにはいかないからだ。だから、鼠ではない。

音をたてず書架を盾にしながら奥まで進むと、あったのは所々錆びた古臭い宝箱だった。四角い箱に、円柱を縦半分に切って蓋にしたような入れ物だ。開けられた形跡はない。

そして驚いたことに、動いているのはその宝箱のようだった。

興味本位でウォレスが近寄ると、勇者たちが宝箱を開けなかった理由がはっきりした。見たこともない封印の魔法が掛かっているのだ。それは赤い封印魔法で、頑丈な縄で縛るように、赤い紐状の閃光が何重にも宝箱に巻き付いていた。見るからに怪しい。

「力ずくで外せないことはないけど、封印されているってことは、どう考えても開けない方がいいってことだよな」

しかし結局、ウォレスは封印を解くことにした。この図書館に、得体のしれない何かが存在するのは、何とも言えず気味が悪い。それに、赤い封印魔法は出来なくても、同じような強度の封印魔法は使える。何かあったら、すぐに宝箱に押し込んでしまえばいい。

ウォレスは腕に力を集中させて、ぎっしりと蔓延る封印の根本を握り込んだ。しばらく格闘していると、焼けた鉄を水に浸けた時のような音がして、封印が焼き切れる。

その瞬間。

「うわーっ！　やっと出られた！　やっと出られたよぅ！」

くしゃくしゃの紙に、どこか間の抜けた顔。よく見知った姿が、宝箱の蓋を押し開けて、飛び出て来た。この図書館に住み着く、その他大勢の魔物と似たような姿だった。ただし、少し黄ばんでいるが。

魔物はひどく興奮したようで、部屋中を飛び回った。

「おい、あんた、落ち着けよ」

諫めるようにウォレスが言ったが、

「落ち着いていられるもんか！　なんてったって、久しぶりに娑婆の空気を吸っているんだ！　これで落ち着いていられるのは木と死体くらいだね。生まれたての子猫だって踊り出すさ！」

魔物は止まろうとしなかった。天井付近をぐるぐる飛びまわっている。

「久しぶりって、どれくらいその中にいたんだ。というか、なんでそんなところに閉じ込められてたんだよ」

魔物の尋常ではない喜びように、ウォレスは戸惑う。一瞬、リィリの仕業かと思ったが、彼女の魔力は菫色だ。薔薇のような赤さはないはずだ。

ようやくウォレスの存在に気付いたらしい魔物は、瞬時に間合いを詰め、近すぎないかと思うほどウォレスの顔面に自身の顔を近づけた。

「な、何だよ」

そう言っても、魔物は穴の開きそうなほど見続けた。そして、やっと顔を離すと、

「あれ、この図書館、人が増えたのか？　それとも、あんたはお客さんかい？　館長はどうした？」

心底理解出来ないと言いたげに、魔物は口を曲げた。

しかしウォレスはそれどころではない。今、さらりと衝撃的な発言をされたのだ。

自分がお客？　館長？

「お、おいっ、それっ、どういうことだよ！」

魔物を両手で掴み、揺さぶる。

「うわっ、びっくりするなあもう。おいら今乾燥して道端の死んだミミズみたいにパサパサなんだから、あんまり乱暴にしないでくれよ」

「あ、悪い」

二人の温度差が合わない。しかしそんなことを気にしていられないほど、ウォレスは混乱していた。

魔物はどこからともなく増殖するし、その正確な数はウォレスも把握していない。しかし彼らが館長であるウォレスを知らないはずがなかった。この世に生まれた瞬間から、彼らは誰がこの図書館の主か、承知しているのだ。

それを知らないということは、彼はウォレスがいない時に生まれたということで、つまりウォレスはこの図書館の創立からいたわけではないということになる。

一体どういうことなのだ。彼の言う、館長とは誰のことだ。

「なになに？　どうしたの？　おいら、この図書館の魔物なんだけど、ここの主に悪戯したら、すんごく怒っちゃって、ここに閉じ込められたんだよね。どれくらいかなあ、多分何十年か……下手すると何百年もずっとこの暗くて狭い、紙の匂いも嗅げないような場所に閉じ込められていたのかなぁ。ひどいよね。ちょっと服の中に虫を入れただけなのにさ。いくら魔物が人間より長生きで、体感時間が違うって言っても、せめてお仕置きは三日にしてくれなくちゃ。

こんなに長い時間閉じ込められていたら、真珠の首飾りだって文句を言うよ。いやぁ、それにしても、ほんとに助かった。君が封印を解いてくれたんだよね？　ありがとう！　中々やるね。それで、君はどちらさま？」

遠い記憶を探り当てるように、魔物はぺらぺらと喋る。

尋ねられて、しかしウォレスは、自分が何者なのかわからなくなってしまった。自分が館長なのだと言えばいいのに、やけに口が渇いて、舌が上顎に張り付いたまま言葉が出てこない。

この魔物が、嘘を言っているようには見えない。彼らはこんな手の込んだ悪戯はしない。何よりあの封印は、強力な魔力を持った者にしか施せないものだ。例えばそう、《空間》から膨大な魔力を預かっているような。

ウォレスは元々危うかった地盤が、急激に崩れていくのを感じる。やはり自分は最初から、この図書館と共に生まれた存在ではなかったらしい。恐らく、どこかから、元いた館長の代わりに連れて来られたに違いない。《空間》は、人間を生んだりしない。いや、そもそも自分は人間なのだろうか。

「お客さん？」

魔物が不思議そうな顔をする。

「お、客さんじゃ、ない」

途切れ途切れに、なんとかそれだけ言う。

「なんだ、お客さんじゃなくて、ここの新しい住人なの。色々変わったんだなあ、時代に乗り遅れてるや。まさかもう人は星空の向こうまで行けるようになったのかい？　この中じゃ本を読めないから、情報を共有出来なかったし」

そう言うと、魔物は本の隙間に入り込もうとする。

「あっ、待てっ」

ウォレスはハッとして、慌てて止めようとしたが、ほんの少し遅かった。魔物が本の中に入ってしまえば、いくら図書館の主でも、どうすることも出来ないのだ。

どこからともなく、声だけが聞こえる。久しぶりの本の中を堪能するように、本から本へ泳ぎ回っているらしい。

「少しでいいんだ、話を……」

しかしウォレスがそう言えば、少しは助けてもらった恩義があるのか、不服そうながらも返事があった。相変わらず、姿は見えなかったが。

「おいらこれから仲間たちと久しぶりの抱擁を交わさなきゃいけないんだ。『セイウチと金魚』に出てくるセイウチと金魚みたいな、熱い抱擁をだよ。生みの本にも挨拶しに行きたいし……忙しいんだよ」

「館長って誰なんだ!?」

ウォレスが叫ぶと、しばしの無言の後、

「ふうん、今仲間から聞いたんだけどね、君が新しい館長さんなの。そうならそうと、言ってくれればいいのに。蜘蛛の巣みたいに黙っちゃってさ。おいらとんだ失言をして、仲間に怒られちゃったよ。新しい館長さんに、昔の館長さんの話は、しちゃいけないんだってね」

魔物たちの間で、瞬く間に情報共有したらしい。魔物の意思疎通とは、そういうものだ。しかしウォレスはそれどころではなかった。

やはり自分の前に、館長がいたのだ。

「答えろ！」

吠えるウォレスに、魔物が言う。

「ごめんね。助けてもらっておいてなんだけど、君、ちょっと目がおかしいよ。夜の獣みたいだ。ゆっくり休んだ方がいいと思う。助けてくれてありがとう。じゃあね」

「おいっ、待てっ、待ってくれ………くそっ！」

魔物が入り込んだ本を引き出して、床に叩きつけようとした。叩きつけて、周辺にある本全てをめちゃくちゃにしたい衝動に駆られる。しかしウォレスは、本を高く持ち上げたまま動きを止めた。しばらくして乱暴に書架へと押し戻す。その代わり、そばにあった宝箱を思い切り蹴り上げた。頑丈な箱は、少し動いただけで、つま先に鈍い痛みを残しただけだった。

痛さと言いようのない不安感に、ウォレスはその場にしゃがみ込む。心が嵐のように荒れていた。

自分は何者なのか。

どうしてここにいるのか。

ここにいなければならないのか。

様々な思考が、ウォレスの頭をぐちゃぐちゃと汚く飛び回った。

あれほど知りたかったはずのことが、急に明るみに出そうになって、その事実に怖くなる。

現実を知ることが、これほどの恐怖だとは思わなかった。

どれくらいの時間そこにいただろう。

ウォレスは死の淵にあった人間がようやく床から這い出した時のようにふらふらと立ち上がり、部屋の外に出る。

雨が降っていた。

まるで冬の朝、地面に蔓延する霧のような雨で、草木や窓を叩く音もない。風の音もしない。ただ肌寒く、ただ薄暗く、ただ気分を濁らす雨だった。見透かされた天気で、実際久しぶりの雨は、ウォレスの曇った感情そのものだった。

まるで崩壊して風化した国のように冷たく、図書館は静寂に包まれていた。

自分は本当に、この《空間》に閉じ込められているだけなのかもしれなかった。鳥籠の中でのうのうと生きる鳥。館長という役柄を押し付けられ、本来の生活を無理やり忘却させられて、ここにいるのかもしれない。

鳥籠の中の鳥は、暴れなくて、飼い主に忠実なのが一番いい。

憶測は憶測を呼んだが、答えは出ない。

どうしたらいいのかわからなかった。どうしたいのかわからなかった。

「マスター」

「……リィリ」

リィリが立っていた。

大きめの籠と、その中に入った衣類を両手で抱えるようにして持っている。

「雨が降り出して外に干せないので、どこか室内に干そうと思いますが、いいでしょうか？

それと、ほつれていたローブは繕っておきました」

「ああ、ありがとう。いいぞ、ただ本がない部屋にしてくれよ。湿気はよくないから」

ウォレスは暗い窓を見てそう言った。いつもなら光をふんだんに取り込む玻璃窓も、今は冷気しか取り込みたくないようだった。

「はい、マスター」

館内も薄暗く、雨に冷やされた空気が、足元から二人を包み込む。

「重そうだな、持とうか？」

「いいえ、これはリィリの仕事です」

いつも通り、必要な分だけの会話。

　この少女は、一体何者なのだろう。果たしてこの図書館のことを、どこまで知っているのか。聞いてみようか。しかしきっと、満足する答えは返ってこない。万が一返ってきたら、それを嘘だと思うだろう。ウォレスは疑心暗鬼に陥りそうだった。

「そういえば、魔物たちが大人しいですが、またマスターになにかしたのでしょうか？」

　リィリは相変わらず光の入り込む隙間のない瞳で、そう言った。周囲に視線を走らせているようだったが、ここではないどこかを見ているような気もする。

「……いや、なにもされてない」

「そうですか、それならいいのですが」

「俺のことより、リィリはあの黄緑色の鳥が気になったりしないのか？」

　黄緑色の鳥とは、ピートのことだ。

　拾ってきたリィリからピートを預かり、早くルチアに報告してやりたくて、今は塔の部屋で休ませていた。聞こえは悪いが、リィリから取り上げたのだ。

　しかし、メイドは気にする様子を見せなかった。

「マスターが面倒をみるのであれば、リィリは何も気にしません」

「俺がその鳥を壁に叩きつけたり、魔物たちの餌にしたりしてしまったら、どうするんだよ？」

　そんなこと、するわけがない。ただ少し、リィリの反応が気になった。

　リィリはウォレスの目を見て、しばらく何かを考えているようだった。ウォレスはそれを、辛抱強く待つ。

「リィリはマスターがそのようなことをする人だとは考えていません。それに魔物は鳥を食べません。仮にあの鳥がそうなったとしても、それがマスターのしたいことであれば、リィリは口を挟んだりしません」

　最後の一言が異様なほど癇に障った。いつもなら苦く思いながらも流してしまう言葉も、今はだめだった。ウォレスの頭にかっと血が上って、考えるより先に言葉が出ていた。

「なんでどうでもいいなんて言えるんだよ！　あんたには愛着とか愛情とか、人間らしい感情がないのか？　魔物にも劣る、その辺の石ころと同等なのか？　そんな人形みたいなお前が、俺の何を知っているって言うんだよ！」

　感情的に怒鳴っても、リィリは顔色ひとつ変えなかった。怒りに肩を震わせて言い返すことも、悲しみに睫毛を伏せることもない。逆にそれが、ウォレスの罪悪感を煽った。

　怒りがしぼんで、急に気分が悪くなる。吐き気がした。自分こそ、リィリのことを何も知らないではないか。

「そうですね、そうかもしれません。リィリは何も知りません。リィリは何もわかりません。ただ、マスターがお客様は大事にするものと言っていらしたので、マスターもそうするものだと、リィリが勘違いしていただけでした」

「わ、悪い……」

ウォレスは、奥歯を噛み締めた。八つ当たりをした自分に気が付いた。

しかしリィリは首を傾げる。

「なぜ謝るのです？」

「リィリにひどいことを言ったからだ」

「マスターが謝る必要はありません。勘違いをしたのはリィリなのですから」

ウォレスは悲嘆に暮れた。

リィリはまるで、打っても響かない水面のような少女だ。この図書館にいる唯一の人間で、本来なら話すことが気晴らしになるはずなのに、彼女と話していると、余計に孤独を感じ、気が重くなった。なぜならこの少女は、絶対に共感してくれないからだ。

「用事はもうないな」

「はい、マスター」

リィリは今までの会話などなかったかのように、返事をする。

「それなら、重いだろうし、もう行きなさい」

「はい、失礼します」

籠を持ち直して、リィリは一礼した。

そして、きびきびした足取りで、ウォレスの横を通り過ぎて行ったのだった。

ルチアの笑顔は、まるで鎮痛剤のように、ウォレスの痛みを和らげた。

親友である小鳥が視界に入った途端、鏡の向こう側にいる少女は嬉しそうに雀躍して手を叩いた。

「ピート！　すごいすごい！　ピートが鏡の向こうにいるなんて！」

「ピピッ！」

ウォレスの膝に乗せられたピートが、鏡越しのルチアを見て、誇らしげに鳴いた。

「ほんとに賢いんだな。ちゃんとルチアを認めた上で、鏡を認識しているのか」

「ふふん、私のピートはどんな鳥よりも賢くて速くて、しかも可愛いのよ」

「寝癖付いてるけどな」

そう言ってピートの頭から飛び出た羽根を指で押す。ふわふわしていた。

「寝癖じゃなくて、おしゃれなの！」

ルチアが頬を膨らませる。

ころころ変わる表情に、自然とウォレスの心は和む。固くなっていた頬も、少しだけ緩んだ。

だが目の前の少女は、人の心に敏感だった。

「今日は冴えない顔だね？　何かあったなら、話してみて？」

なるべくウォレスを刺激しないためだろう、微かな笑みを含んで、ルチアが尋ねた。

「……何でわかった？」

「あなたってば、すっごく顔に出やすいのよ。普段隠す相手がいないからでしょ」

「仕方ないだろ」

眉を寄せるウォレスに、ルチアは思案顔だ。

「そうだねえ、別に隠す必要もないし、私はあなたの異変に気付いてあげられるし、それでいいかもね」

「何だよそれ」

仏頂面で言い返す。

「ほらほら、あなたはまず私に御守りのお礼を言って、それから何があったのか、お話ししてくれるんでしょ？」

ウォレスは、素直に頷いた。言いたかったのだ。

「御守り、ありがとな」

「どういたしまして。って、一番頑張ったのは、ピートなんだけどね」

ルチアは慈愛に満ちた目で、ピートを見た。撫でられない事実に、少しもどかしい思いをしているのかもしれない。

「本当にな。危険だからやめておけって、言ったはずだ」

「私もそう思ったんだけど、ピートがどうしても行くって言うから」

「ピートが？」

ウォレスは驚いて、小鳥を見る。ピートは胸を羽毛で膨らませて、得意げだ。

「それにこうやって、ピートと鏡越しの対面が出来たわけだし」

「結果論だろ？」

「いいでしょ？　私、嬉しいんだ」

ルチアが言った。

「嬉しい？」

「少し、少しだけね？　あなたが私の妄想なんじゃないかと、時々思っていたの。それか実体のない、鏡の妖精が、私をからかって遊んでいるんじゃないかって。だってやっぱりどこか現実離れしているわ。でも、ピートが証明してくれた。あなたは幻でも、鏡の妖精でもなくて、ちゃんとこのパライナに、この世界に生きているんだね。それがわかって、私嬉しい……あら？　怒った？」

ルチアは困ったように、おずおずと言った。

ウォレスも同じことを考えたのだから、怒れる立場ではない。

「怒ってない。ただ何というか……よくわからないんだ。本当に自分が存在しているのか……」

「今の私の話、聞いてた？」

「聞いてたさ」

曖昧に視線をおとす。

「あなたがここに来た時、悲しそうな表情をしていたのと、今の、関係ある?」

ウォレスは頷き、勇者一行が来たところから、魔物に真実を聞いたところまでを、ルチアに話して聞かせた。勇者の件では目を輝かせて時々口を挟んでいたルチアだったが、後半に進むにつれ、なにかしら真剣に考え込んだような表情になっていった。その表情に支えられて、ウォレスは自らの思いを吐露した。ルチアからもらった御守りを、握り締めながら。

そして一通り聞き終わるとルチアは、

「……あなたは、ずっと寂しかったんだね」

額を鏡にあててそう言った。まるで祈るような仕草だ。

ルチアは魔女見習いと言いながら、時々聖女のような雰囲気を醸し出す。ウォレスだけが、そう思うのかもしれなかったが。

「今は寂しくない。変な奴らばかりだったけど、来館者もあるし、ピートも来てくれた。それにルチアがいる。前よりずっと恵まれているのも理解している。それでも気になるんだ」

「外の世界に出てみたいの?」

ウォレスは頷く。

「出たい」

「出て、どうするの?」

ルチアが質問を重ねる。

「わからない。普通の人間が、外の世界で何をするのかわからないんだ」

「じゃあフレイラに来るといいよ。町を案内してあげる」

昂然と言われ、思わずウォレスも笑った。

「遠いな」

「当たり前でしょ。ここははじまりの町で、あなたのところは最果てなんて言われているんだから。でも大丈夫。ピートだってあなたのところまで行けたから」

「ピッ！」

ピートが同意するように鳴く。

「飛べるのはずるいだろ」

ウォレスが文句を言うと、ルチアが笑った。

＊

「それで、ウォレスがどうやったら外に出られるかですが……」

ルチアが鏡に向かって、探偵が推理する時のような険しい顔を作る。

「ですが？」

釣られてウォレスも真剣な顔で先を促した。ピートも空気を読んで黙っている。

「わかりません！」

きっぱりと宣言された。

「は？」

ウォレスの目が思わず点になる。

「だって私は当事者じゃないもの。最果ての図書館に行ったこともない部外者がおいそれと口なんて出せないわ。見当外れもいいところの意見を言ったら、どうせ鏡の向こうから手厳しい突っ込みが飛んでくるに違いないし。第一、手がかりがないと、何とも言えないし。あなたがまず思い当たる節を言ってよ、何でもいいから。そしたら私もそれについて一緒に考えます！」

ルチアは真剣なのかふざけているのかわからなかったが、そうつらつらと熱弁を振るった。

「…………そうだったな、ルチアは人より考えることが苦手だったな」

冷静に分析したウォレスは、憐憫（れんびん）の眼差（まなざ）しでルチアを眺める。

ピートは寝てしまった。

「あ、ばかにしてー！」

「馬鹿にしてない。少しかわいそうだと思ってるだけだ」

「余計悪いってば！」

本気で怒っているらしいルチアを尻目に、ウォレスはここに来るまで考えていたことを、口にした。

「……やっぱり記憶を思い出すことが、最優先だと思う」

「なぜ？」

「記憶が戻れば、少なくとも何でここに縛られているのかわかる。ここからの脱出方法も、自分がその元館長とやらにされたことを思い出せば、自ずと見えてくる」

「なるほど」

ルチアが心得顔で相槌を打つ。本当にわかっているのだろうか。

「記憶はただ単に忘れているだけじゃなくて、奪われたのかもしれない。今までは元々存在しないか、存在しても単調な毎日で記憶があやふやになっているのかと思ってたけど、第三者の存在が明るみに出たんだ。覚えていない、存在しないというよりは、盗られたと仮定した方が、話がわかりやすい。なんていったってその第三者は、元々この図書館の館長なんて怪しい職業だったわけだし、記憶を盗るくらい、この図書館の本を読み漁っていれば出来るんだろ」

「ウォレス、それ墓穴掘ってない？　大丈夫？」

「俺は出来ないけどな。それでそいつは、俺の記憶を奪い、館長という役割を押し付けた。もしかしたら今まで何度もそうやって館長が入れ替わってきたのかもしれない」

「そうだねえ、館長を辞めたくなった誰かが、他の誰かにその役目を押し付けて出て行くとしたら、その人を従順にさせた方が早いものね。記憶がなくなったら、私もおろおろしてその場から動けなくなっちゃうかも」

ルチアが腕を組んで、思案気に言った。

「それだけじゃない。この図書館を運営するための情報を頭の中に入れるには、頭の中が空っぽの方がやり易いはずだ」

恐らく記憶を盗られたという事実まで、完全に奪われたに違いない。だからこそ、ウォレスは長い時間ここにいた。

昔の自分は、どんなことをしている人間だったのだろう。どんな生活をして、誰を想って生きていたのだろう。しかし記憶を辿っていくと途中でいつも通り靄がかかり、ウォレスの邪魔をする。まるで切り立った崖のように、そこからなにもなくなるのだ。

しかし、記憶を取り戻すことは不思議と怖くなかった。

幸せではなかったかもしれない。もしかしたら大量殺人鬼かもしれない。もしかしたら捨てられた餓死寸前の子供だったかもしれない。この図書館にある本に書かれている物語よりもまだ波乱万丈な人生を送っていたかもしれない。しかしどんな不幸な現実でも受け止める覚悟が、今のウォレスにはあった。

「問題は、どうやってその記憶を取り戻せばいいのか。じつはまだ俺の頭の中にあって、思い出させないように封印されているのか。いや、でも封印魔法が使われていれば、感覚的にわかるはずだけど、そんな感覚もないしな。じゃあ、元館長が図書館を出る際に持ち出したのか、最悪もう壊されてしまったのか」

そもそもそいつはまだ生きているのか。ウォレスは自分がいつからこの場所にいたのか思い出せない。長い時をここで過ごしていたのだとしたら、最悪の想像はしたくなかったが、その誰かはもう死んでしまっている可能性もある。悪い方には考えたくなかったが。

しかしウォレスは自分自身に言い聞かせながらも、なんとなく、今も記憶がどこかに存在すると思っていた。それも、とても近くに。

時々見る夢が、自分の記憶の欠片なのではないかと思うようになったのだ。

森の中で、名前を呼ばれる夢。景色も少女の声にも覚えはなかったが、実際に行ったことがあると言わなければ説明が付かないほど、最近はその光景が鮮明になってきた。幸福感があった。その夢が、ウォレスの恐怖心を抑え、背中を押してくれた。

ルチアは先ほど宣言した通り、一生懸命考えてくれているようだった。腕を組んで目を閉じていたが、やがてゆっくりと自身の意見を述べた。

「……ねえ、もしかしたらあなたの記憶はまだ図書館にあるんじゃない？」

「え？」

ルチアは相当真剣に考えているらしく、目を開けてもなお、地面を見据えたまま、険しい顔で口だけを動かす。

「最果ての図書館なんだから、本が沢山あるわけでしょ？　木を隠すなら森の中。砂を隠すなら海の底。やっぱりその大量の本の中に、ウォレスの記憶も本として隠してあるんじゃないかしら？　記憶って文字媒体にし易いと思うの。わざわざあなたの記憶を、元館長さんが持ち出すとも思えないし、案外近くにあるんじゃないかな。もうないって考えるのは、考えても仕方ないし、やめようよ」

　ようやく顔を上げて、ウォレスを上目遣いに見る。檸檬色をしたルチアの瞳はまん丸で、まるで小さな満月のようだ。ウォレスはこの瞳が好きだった。月にも負けず輝いていて、何より鏡越しにも、自分を映してくれる。しかし今は、鏡越しではなく直接会いたかった。

「悪くない案だけど、多分それはない。この図書館に収められている本は、内容まではわからなくても、どの本がどこに収蔵されているか、俺が把握している」

　ウォレスが反論すると、ルチアはあからさまに肩を落とした。

「そっかぁ……、というかあなたすごいのね」

　敬慕の視線を向けるルチアに軽く礼を言いつつ、

「だから俺の記憶が書かれた本がないことも、探す前からわかってるんだ」

　やんわりと全否定した。

　しかしルチアは瞳をさらに輝かせ、

「それよ！」

　手を打った。

「？」

「逆に、ウォレスが見覚えのない本があれば、それがウォレスの探してた本だよ！」

高らかな声に、ウォレスは考え込む。

ルチアは期待のこもった眼差しで、返答を待った。

「……………確かにそうだな。存在するべき本がなくなればすぐにわかるけど、存在しないはずの本が紛れ込んでいても、俺にはわからない」

「じゃあその線で行こう！」

手放しで喜ぶルチアに、ウォレスは渋い顔をした。

「簡単に言うけどな、この図書館にどれくらいの本があると思ってるんだ。隠し部屋まで入れると、本当に途方もないんだぞ。隈なく調べていたら、数日じゃ絶対に終わらない。下手したら、数週間でも終わらない」

「でも時間はあるでしょ？」

「……………………まあ、少しは」

反論出来なかった。

「大丈夫。ゆっくり探そうよ。私は手伝えないけど、話くらい聞くわ」

勇者を旅立たせる際、ルチアに助言するだけして自身は何も出来なかった時に感じたもどかしさを、今の彼女も感じていてくれるだろうか。

そうだったら、嬉しい。

「………ありがとう」

たどたどしく礼を言うウォレスに、ルチアははにかんだ。

「私も早くあなたに会いたい」

*

「運動にもなって、一石二鳥かもしれない」

ケルベロスの広間から地上までの階段を、まるで腰の曲がった老人のように上ったことを、思いのほか深刻に受け止めていたウォレスは、歩きながらそう呟いた。

本を探し出して三日。

今日は西館を探していた。西館は球状の建物で、巨大な円形の縁は何層にも分断され、どの階にも本が詰め込まれていた。円の内部は背の低い書架が、円の中心を向くように備え付けられ、上から見ると、六角形が何重にもなって現れた。

その三階の一角に、ウォレスはいた。

腕を組んだまま、一つ一つの書架に、目を走らせていく。しかしあまり期待はしていなかった。この辺は、世界各地の法律が記された本がズラリと並んでいる場所だ。よもやそのようなお堅い場所に、自分の記憶があるとは思えない。もっと、例えば厳重に封印されたような、特殊な場所にあるものを想像してしまう。こういうところも、裏をかくならいいのかもしれないが。何となく、ウォレスの士気は下がる。

見飽きた本たちを、さらに穴の開くほど見続けるのは、決して楽しい作業ではなかった。案の定、ここにある本を、ウォレスは全て知っていた。中には全く読めない本も少なくなかったが、本たちがきちんと定位置に収められているのはわかった。

それはしかし、今のウォレスには嬉しいことではない。必要なのは、己の知らない本だ。ウォレスは思い切り伸びをして、近場に置かれた長椅子に腰掛ける。頭上は低く、まだ上の階があることを示していた。

ずっと本の背表紙を眺めていたせいだろう、目がひどく疲れていた。

そもそも自分の知らない本が存在するのかも怪しい。怪しい物も探すのは、それだけで心が折れそうだ。それに、手がかりが少なすぎる。ウォレスは心の中で愚痴をこぼす。

とはいえずっと座ったまま呆けているわけにもいかなかった。ただでさえ西館は建物内部にも関わらず開放的で、その中に一人でいると薄気味悪くなるのだ。魔物たちは宝箱の一件以来ウォレスに近寄らなかったし、こちらからも呼びかけたりしなかった。

きっと魔物たちは、ウォレスが何をしようとしているか、理解している。それでも何もしてこないことに、ウォレスは腹を立てた。絶対に見付けられないとでも思っているのか、それともどうでもいいと思っているのか。とにかく腹が立ってしょうがないので、あえて魔物たちのことは考えないようにしていた。

しかし、西館に一人というのは誤りだった。

視界の隅に見知った少女が入り込む。エプロンを身に纏い、一流の人形職人が作った最高傑作のような顔立ちをした、一見儚げな少女。

「……リィリ、なにか用か？」

珍しく手ぶらで、リィリがウォレスのそばへとやってきた。

リィリに怒鳴った翌日からも、リィリは何事もなかったかのようにウォレスと接した。もしかしたら本当に彼女の中では何事もなかったのかもしれないが。とにかくリィリは仕事の報告以外は、ウォレスが急に書架を見てまわろうが何をしようが、気にも留めていないようだった。ならばこちらが気まずい思いをしているのも馬鹿らしいと、ウォレスもいつも通りに振る舞うことにしたのだ。

リィリは微かに頷く。ウォレスは内心、珍しいことだと驚いた。

「本………」

「本がどうかしたのか？」

「この図書館にある本を、リィリが読んでもいいのでしょうか？」

この言葉に、ウォレスは今度こそ驚きを隠せなかった。

「ここの本を読んだことがないのか？」

こくり、リィリがもう一度頷く。

本以外には何もないこの場所で、普段どう暇を潰していたのだろうか。

「この図書館にある本たちは、全てマスターの管理下の物です。マスターの物を、リィリが勝手に触るわけにはいきません。なので、許可を取ろうと思いました」

「退屈しないのか？」

ここには本しかない。逆に言えば、本なら無限にあるのだ。リィリなら、楽しむとまではいかないまでも、無心に本を読んでいるような気がしていた。

「リィリは退屈しません」

「普段はなにをしているんだ？」

「仕事をしています」

「……仕事をしていない時だ」

リィリの返答に、言い方が悪かったと、言葉を添える。

「寝ています」

「あ、そう」

なんともリィリらしい過ごし方に、ウォレスは本当にこの少女は人形ではないかと疑い始める。しかしリィリは言葉を続けた。

「あと……」

「？」

「考えています。沢山、考えています」

言葉を確かめるように、リィリはゆっくりと言った。

「考える？」

「はい、マスター。じつはリィリには感情がありません」

唐突な告白に、けれどもウォレスは全く驚かなかった。今更感がひしひしと辺りを包む。

ただ、リィリが自身のことを話すのは初めてで、そちらの方に興味を持った。

「なんで感情がないなんて言うんだ？」

「この間マスターにリィリは人形だと言われました。リィリもその通りだと思います。リィリがリィリとして存在した最初から、そうでした。嬉しいも、悲しいも、悔しいも、もっと微妙な感情はもちろん、人間であることを証明するようなありきたりな感情も、リィリには存在しません。それを悲しいとも思いません」

「でも……それは……俺は、悲しいことだと思う」

リィリはこの図書館で働くためだけに生まれた存在なのかもしれない。魔物とも違う、ひとりきりの存在。それはとても残酷なことに思えた。

ウォレスはリィリに同情して、しかしリィリは首を傾げた。

「そうでしょうか？　喜びに顔が綻ぶこともありませんが、悲しみに胸が張り裂けることもありません。リィリは感情に左右されることなくマスターのそばで仕事を行えるのは、いいことだと考えます」

違和感を覚えた。そしてそれは、たまに感じるものだ。

感情がないと言いながら、リィリはなぜウォレスに執着心を見せるのか。

「……リィリは本当にずっとここで働いていたのか？」

「はい。リィリはずっとここで働いています」

リィリが繰り返した。

「じゃあ俺がここに来た時のことを、覚えていないか？　俺は多分、途中でここに連れて来られたと思うんだ」

「この図書館で、リィリはずっとマスターと一緒に働いています」

執着心というのは、間違いだったかもしれない。正確に言えば、リィリが執着しているのは、ウォレス自身ではなくて、最果ての図書館で館長をしているウォレスだ。リィリはたとえ知っていたとしても、言わないに違いない。

図書館の決まり事を守る姿は、魔物たちと一緒だった。

やはりわかり合えないようだ。ウォレスは早々に、話を切り上げることにした。

「それで、リィリは俺に感情がないことを教えて、何が言いたかったんだ？」

「感情がないのはかまわないのですが、リィリがマスターに失礼なことを言ってしまうのはよくないことだと考えました。ですから、本を読んで勉強をしようと思います。感じることは出来ませんが、知ることは出来るかと」

どこまでも館長に従順なようだった。

「ああ、そういうことか」

「仕事は今まで通りしますので、本を読んでもいいでしょうか？」

ようやく最初の話と繋がった。つまりリィリは、感情のない自分が、感情を学ぶために本が読みたいと言っているのだ。

本を教材とするのは、いいかもしれない。本は人間に近い、いや、人間そのものと言ってもいい。リィリに失礼なことを言われた覚えはなかったが、反対する理由も見つからない。

「本を読むことを許可する。好きな本を、自由に読むといい」

「ありがとうございます」

特に嬉しそうにもせず、リィリがお礼を言った。

「ただし、本を部屋に持って帰る時は、貸出帳に記帳するようにしてくれ」

「わかりました」

「読みたい本があれば、俺に聞いてくれれば持ってくるよ。魔物に聞いてもいいし」

「ありがとうございます」

「……喉が渇いたな、お茶を用意してくれるか？」

ずっと立ちっぱなしだったので、小腹も空いた。

集中力も途切れてしまったし、ここらで休憩でもいいだろう。

「すぐにご用意します。こちらまでお運びしますか？」

ウォレスは立ちあがって、座った時と同様背伸びをした。

そして今の会話が、先日の件の仲直りなのだろうなと、何となく思った。

「いや、いい。食堂まで行く。リィリも来るといい」

歩き出すウォレスに、

「はい、マスター。お供します」

律儀に返事をして、リィリがその後を追った。

＊

明らかに落ち込んだ様子のルチアに、ウォレスは自分が何かしてしまったのではないだろうかと、慌てて最近の行いを振り返った。ここ数日は毎朝ルチアと会話しつつ、あとは一日中図書館を探索している。たまにリィリがどんな本を読んでいるのか覗き込んで、よさそうな本を見繕ってやるくらいだ。思い当たる節はない。

そもそも昨日はこんな様子ではなかったはずだ。

「何かあったのか？」

「ウォレス……」

　多くの人間と暮らしているのだ、ウォレスには想像もつかなかったが、それはそれで苦労もあるのだろう。何かあったのなら、話を聞いてやりたい。

　ウォレスはいつもの木箱に腰を下ろし、話を聞く体勢を作る。

　そばには毛布の切れ端で作った寝具で、すやすや眠るピートがいた。ここに来るまでに使いきった体力を回復しているのか、餌を食べる時以外はひたすら寝ていた。気が向けばウォレスに撫でられているが、気が向かなければ背を向けたまま寝ている。

　上方にはおあつらえ向きの窓があるが、出ていく様子もない。

「何か嫌なことがあったなら、話すといい」

「ウォレスにまでわかっちゃうなんて、私本当に元気がないのね」

「わかりやすいのは、俺だけじゃなかったみたいだな」

　弱々しく、ルチアが微笑む。

「……あなたが言っていた魔法船、私も見たわ。本当にあんなものが、空を飛ぶのね」

　魔法船と言えば、レインディアから勇者と魔導士が借り受けた、空飛ぶ乗り物だ。

「あいつら、そっちに行ったのか」

　ルチアが頷く。

世界を巡(めぐ)って強くなると言っていたのを思い出す。折角魔法船という便利かつ速い乗り物を手に入れたのだから、あちこち回るのは悪いことじゃない。交通の便がいい、フレイラの近隣を飛ぶこともあるだろう。

それなのに、ルチアは何をそんなに落ち込んでいるのか。むしろ勇者一行の活躍は、喜ばしいことではないのだろうか。

「あなたもどうせわかってるんでしょ、そろそろ限界だって」

「あー……」

悲痛に揺れた瞳に、ウォレスは言葉を濁(にご)す。

その反応を見て、やっぱりとルチアが呟(つぶや)いた。

「魔王のせいでもう世界は耐えきれないところまで来てるわ。王都アネットの西にある小さな町、フォレスペルラに風の魔物が押し寄せたの。甚大(じんだい)な被害が出て、周辺国は怯(おび)えてるわ。勇者様達は、準備不足かもしれないけれど、やってみるしかない。これ以上みんなを待たせるわけにはいかないって言って、今朝早くに、魔王の城へ向かったの」

この図書館は強力な結界で守られていたし、魔物たちは特に影響を受けた様子もない。だからウォレスは、この手の話には鈍感だった。されどここ最近は、黒く卑(いや)しい魔力が辺りにも漂っているのを感じていた。ご近所なのだから、気付かないわけがない。

しかしどう足掻(あが)いたところで、今はまだウォレスはここを離れられない。心配事を増やすよりも、自分のやるべきことをやるほうがずっと大事だった。

ただ、ルチアが何に対して落ち込んでいたかはわかった。

「大丈夫だって。勇者さまたちは、結構な強さだったぜ？　きっと勝って帰ってくるさ」

二人してケルベロスに足が竦んでいた事実は、あえて言わない。魔王がどんな姿をしているのかウォレスには知る由もなかったが、ケルベロスを超えるような超巨体で、恐ろしい怪物の姿をしていないことを願わずにはいられない。

「…………うん」

ウォレスが励ましても、少女の元気は回復しなかった。

「うちの魔物たちでも歯が立たなかったんだぞ」

「うん」

「それに伝説の剣まで手に入れた。光の勇者のお墨付きだ」

「うん」

上の空なルチアに、ウォレスは頭を掻いて当惑した。

「ルチアが心配したって、仕方ないだろ？」

「わかってるよ」

これを最後に、二人はしばし無言になった。

ルチアは髪飾りをいじり、ウォレスを見ようともしない。

会話の合間に訪れる静寂とは違い、どこか気まずげなそれ。ウォレスはその場を立ち去りたくなったが、結局ルチアが心配でその場に留まり続けた。

「………私、魔王が嫌い」

どれくらいの時間が経過したのか。ルチアの唇の隙間からぽつりと言葉が零れ落ちた。

「多分みんな嫌いだと思うぞ。恩恵を受けている奴以外は」

冗談を言っても、ルチアは笑わない。聞いて、とだけ言って話を続けた。

「魔王は嫌い。町の人は笑わなくなるし、悪い便りばかりが届くし、出掛けられなくなるし、いつまでも怯えて生きなくちゃいけないのって、すごく疲れるの。弱い人間は特に」

「そうかもな」

ウォレスも今度は真面目に相槌を打った。

「だから魔王を倒してくれる勇者様に、昔から憧れてたの。本は嫌いだけど、光の勇者様の物語は、大好きだった。その生まれ故郷に住んでることを、誇らしく思ってる」

《空間》を好きになる感覚は、ウォレスには理解出来なかった。そもそもウォレスは、現在唯一知っている《空間》から抜け出そうとしているのだから。

ルチアは話を続ける。

「魔王は絶対的悪。勇者様は、絶対的善。そう思ってたんだけど……」

「違ったのか？」

真意が汲み取れない。

「勇者様が、強くなるためだって、何もしていない魔物たちまでバサバサ斬り捨てていくのを、見てしまったの。それからパライナ中で名の通った人たちに手合わせを願っては、喧嘩みたいなことをしてる」

「つまり、悪を倒すために、関係ない奴らまで巻き込む勇者に、疑念を覚えたってことか」

やっと理解出来たウォレスが、さっくりとまとめる。

「うん……簡潔に言えばね」

この娘は、どうしようもないほど優しいらしい。

そして、どうしようもないほどに自分勝手だ。

「それはあんたの我儘だ。魔王を倒すために勇者を旅立たせて、勇者の安全を死ぬほど願ってるくせに、彼らが強くなろうとすることに嫌悪感を抱くなんて。都合がよすぎる」

ウォレスに諭されて、ルチアは益々不機嫌になった。

「わかってるよ。私が勝手に心を痛めてることくらい」

「じゃあ仏頂面するのをやめろよ」

「やめないわよ」

不機嫌な面持ちのまま、ルチアがきっぱりと言う。

「なぜ?」

ウォレスも少し苛立って、つっけんどんに聞いた。

「私の友達が、勇者様にこてんぱんにされたからよ」

新しい情報に、ウォレスは今度こそ眉間に皺を寄せた。

見ず知らずの人間や魔物たちはともかく、友人ならば私情が入っても仕方ないと、ウォレスは考えを改めた。友人の多い彼女のことだ、名の通った友人がいるのも頷ける。

「先にそれを言えよ。偉そうに説教してしまったじゃないか」

「いいの。あなたが言ったことは正しいよ」

ルチアは少し表情を緩めて言った。

「でも、大丈夫だったのか？」

「うーん……」

またルチアの顔はしかめられ、言葉は濁される。あまり大丈夫ではなかったらしい。

ルチアを責められなくなったからといって、勇者たちが悪いとも思えない。彼らも必死だ。強くならなければ、自らが、果ては世界が死んでしまう。

ウォレスにも、ようやくルチアの苦悩を理解出来た。妥協点など見付けられそうもない。慰めの言葉を探していると、しかし少女は不意に立ち上がった。邪心を振り払うがごとく強く頭を振った。

「あー、もうっ！　この話はやめよ、やめ！」

そう叫んだ。

大声を出すことで気が晴れるなら、好きに叫べばいい。ウォレスはそう思って、驚いて起きたピートを宥めるように撫でた。

少し落ち着いたルチアが、ウォレスに向き直る。

「それより、あなたの所は大丈夫なの？」

「お陰様で。変わりなしさ」

魔王の事柄については、達観しているつもりだった。慌てても仕方がない。

「ということは、記憶もまだ……なのね？」

「あんたが言った通り、時間はあるんだ。ゆっくり探すさ」

これ以上ルチアの顔を暗くしたくなくて、ウォレスは努めて明るい声を出す。

「でも見付かる前に、魔王の手が迫ってきたら……」

「言っておくが、あんな未熟な勇者さまより、俺の方が強いからな」

ケルベロスなど、一捻りだ。

問題は、実戦経験が皆無に等しいことだけだったが、口には出さなかった。

ウォレスが自信有り気に言ったのがよかったのか、ルチアは少し歪ながらも、ようやく笑顔を見せた。

「気を付けてね。あんまり根詰め過ぎちゃだめよ。ちゃんとご飯食べて、しっかり寝ないと」

「勇者さまの心配をして、友人の心配をして、俺の心配までして、忙しいな」

心配されるということに、ウォレスはいまだ慣れない。嬉しいような、恥ずかしいから放っておいてほしいような、そんな気分になるのだ。思わず憎まれ口を叩くウォレスを見てクスリと笑い、ルチアは立ち上がる。

「もう行くのか？」

「うん。やることがあるの。いくら世界が命運を懸けた戦いの真っただ中でも、生きるために生活しなくちゃいけないからね。お見舞いにも行かなくちゃいけないし」

ルチアは笑って、ウォレスとピートに手を振った。

そして鏡の前から姿を消す。鏡は鏡に戻った。

「見送りもろくに出来ないなんて、不便だな」

きっと今、ルチアは悲しいに違いないのに。そういう時、隔てる鏡が憎らしくなる。本当に隔てているのは鏡などではないことは、重々承知しているのだが。

ウォレスは、ふと思い付く。

「そうだ、ピート」

小鳥は、つぶらな瞳をウォレスに向けた。

「そろそろご主人様のところに戻れそうか？　お前が帰れば、ご主人様はきっと喜ぶだろうよ」

「ピュイッ！」

ウォレスの言っていることを理解しているのか、ピートはウォレスの肩に元気よく飛び移った。本当に聡明な小鳥だ。

「おお、行ってくれるのか」

早速ピートを送り出そうとして、しかしウォレスははたと動きを止めた。

ルチアから御守りを貰った、そのお返しをしたくなったのだ。しかしすぐには思いつかない。しかもピートが運べる大きさと重さを考慮すると、余計に難しい。

「何なら喜ぶだろう……魔女見習いなんだから珍しい魔法石とかか……いや、魔法石屋ならだいたい持ってるだろ……女の子が喜ぶもの……こんなことなら、アランから装飾品かなにか買っておくんだった……あ」

そこでウォレスは思い出した。懐から、小瓶を取り出す。中には翡翠色の液体が、まだ少し残っていた。旅商人であるアランから貰った秘薬。今しがた友人が臥せっている話を聞いたばかりではないか。傷なら、この薬がいいに決まっている。それに、万が一ピートが道中怪我をしても、帰ればこれで治療出来る。とても魅力的な案に思われた。

早速その小さくて軽い瓶を、ピートに宛てがう。ウォレスからしてみれば軽い小瓶でも、小さなピートにとっては、それなりの大きさになる。

「うーん……持てるのか？」

「チッチッチッチッチ！」

　ウォレスの言葉に、ピートは怒ったように嘴(くちばし)をカチカチ鳴らした。背筋を伸ばして、仄(ほの)かに薄黄色の腹部を見せつける。どうやら、自分は大きいと言いたいらしい。

「悪い。あんたはすごく力持ちだったな」

　素直に謝ると、ピートはそうだろうと言わんばかりにウォレスの指先を甘噛(あまが)みした。ピートの愛らしさに笑いながらも、ウォレスは柔らかく、しかし丈夫な紐(ひも)を探し出す。幸いなことにここは倉庫で、探せば目当ての物はすぐに見つかった。ピートの足に小瓶を括(くく)り付ける。明日ルチアと会った時に言えば必要のないものだったが、念のためそれが万能薬だとわかるように、名札を糊(のり)で貼り付けた。

　作業が終わると、それまで大人しくしていたピートに声を掛ける。

「痛かったり、重かったりしたら、きちんと言うんだぞ？」

　ウォレスの心配をよそに、ピートは器用に、しかも風のような速さで塔の中を飛びまわってみせた。ピートの小さな体軀(たいく)から、ぽうっと萌黄(もえぎ)色の光がもれた。ルチアが言っていた、ピートが魔力を持っているという話を思い出す。

　小瓶が微(かす)かに揺れているが、落ちる心配もなさそうだった。これなら木に止まる時も、問題ないだろう。

「上出来だ」

　ウォレスは上機嫌でそう言って、念のためピート自身にも結界を張った。動きまわる彼の邪魔にならないように、繊細で柔らかいそれを作るのは難しかったが、全神経を指先に集中させて、なんとか張り終えた。

満足気に頷くと。塔の扉を開けて階段の踊り場まで出た。その後を、ピートが追いかける。

目の前にある窓を、ウォレスが指した。

「さあ、気を付けて行くんだぞ」

「ピュイッ」

「また遊びに来てもいいけど、ちゃんと主人の許可を取ってから来いよ？」

「ピュイッ」

ピートは一度ウォレスの肩に止まり、お別れの挨拶をすると、勢いよく窓から外へ飛び立った。小瓶の中の液体が、光に当てられて輝く。

図書館の上を飛び越え、緑の森を抜け、瞬く間にピートは見えなくなった。

少しの寂しさがウォレスの心に入り込んだが、いつまでもピートを引き留めておくわけにもいかないと思い直す。ピートはルチアの親友なのだから。きっとお互い寂しいに違いない。

早く会えるといいな、ウォレスはいつまでも窓の外を眺めながらそう思った。

＊

リィリは最近、自分の仕事をしていない時はひたすら本を読んでいた。ウォレスが地道にまだ見ぬ本を探し歩いていると、一心不乱にページを捲るリィリの姿を時々見かけるのだ。

今朝もウォレスはそんなリィリを見付けた。書架の脇にある小さな腰掛けに座って、呼吸をするのを忘れていないか心配になるほど真剣に本を読んでいた。

楽しんでいるのかつまらないのか、無表情で黙々とページを捲り続けるリィリに、ウォレスは興味が湧いて声を掛けてみる。

「何の本を読んでいるんだ？」

「『光の勇者』です。パライナで一番有名な物語だと、魔物たちが言っていました」

言っていたのか、逃げる魔物たちから無理やり聞き出したのか。リィリと魔物たちの関係はまるで、猫と鼠のようだ。ウォレスは曖昧に笑って誤魔化す。

「面白いのか？」

「わかりません」

栞代わりの指をページの隙間にいれながら、リィリはそう答えた。

「その割には真剣に読んでるな」

「当然です。リィリにとってこれは勉学と同等の行為ですから」

ルチアに頼まれて資料を探す以外には、娯楽として本を読む自分とは大違いだ。ウォレスは肩を竦めた。本の需要は人それぞれである。

「リィリは勤勉だな」

即席の感想にリィリは特に反応を示すことなく、栞代わりの指とは反対側の手で持っている本の表紙を撫でた。また何か考えているようだった。

「…………ただ、先ほどのマスターの質問ですが、一番正解に近い言葉で答えるなら、これらはリィリにとって、良い物なのだと思います」

「良い物？」

リィリは考えをまとめるための時間稼ぎのように、ゆっくり頷いた。

「はい。本はその場所にいながら、リィリを色んな場所に連れていってくれます。時間も《空間》も超えて。それに沢山の人の表面上の言葉と、声に出さない気持ちも。文字になれば、リィリには気持ちの移り変わりの原理は理解出来なくても、その過程を教えてくれます。だから本は、リィリにとって良い物に違いありません。もしマスターの気持ちが文字になれば、きっとマスターの考えも、リィリにはわかると思います」

それならば交換日記でもしてみるか。そんな冗談が頭に浮かんだが、今のリィリを茶化すことは気が引けて、言葉を呑み込む。しかし茶化したいと思ったのはつまり、リィリを笑わせてみたいと思ったからで、ウォレスは初めての心境に少しだけ驚いた。

「本に書いてあることが全てじゃないぞ。本に書かれた気持ちと感情と、あと本には書かれなかった感情も、少なからずあるんだ。行間も、本の一部だからな」

「それでしたら、リィリにはお手上げです」

そう言いながら、全く困っていなさそうなリィリに、ウォレスはついにおかしくなって笑う。

リィリは首を傾げた。

「今マスターが笑うに至った過程も、本になればわかるのでしょうか」

「さあな」

わざと言葉を濁す。

そんな和んだ空気を、ぶち壊すものがあった。

ぶち壊したのは、世界自身。

ウォレスはため息を吐いて、リィリの読んでいた本に目をやる。

「…………リィリは『光の勇者』は最後、どうなると思う？」

今までにないほど血腥い魔力を感じた。それは誰にも予測出来ないほど唐突だった。ウォレスの事情など、汲み取るわけがない。

浸食が始まってしまったようだ。

それはつまり、勇者と魔王の、最後の戦いが始まったことを意味していた。

リィリは自身がまだ読み終わっていないページの厚さを見ながら、答える。

「わかりません。ただ、この本が稗史なのだとしたら、世界は滅んでいないのですから、勇者は世界を救って終わるのだと考えられます」

「確かに」

聞いておいて、正解は言わなかった。結末を言うのは、無粋というものだ。

「マスター」

「ん？」

「今回も、勇者と魔王は、同じ本の中に登場するのでしょうか？」

不安そうな様子は、微塵もない。

「一応な。邪魔して悪かった、俺はもう行くよ」

「いえ」

否定を口にしながら、リィリはすぐに読書に戻った。ウォレスも、いつもの本探しに戻る。

世界が終焉に近付き始めた。

ウォレスもその異変に気付いたし、魔物たちの無言のざわめきが、さざ波のように書架を撫でていくことでもわかった。魔王の魔力が、強まっていく。肌がピリピリとした。

「魔王の城から、黒い霧のようなものが見え始めた」

世界中から本を仕入れるために飛びまわっている魔物が、そう囁くのが聞こえた。

それはゆっくりとした速度で、しかし確実に世界を飲み込もうと広がり出している。飲み込まれれば、魔王の餌食になる。近い内に、この図書館も飲み込まれるだろう。

しかし逆を言えば、魔王は焦っているのだ。勇者の存在に。

ウォレスは書架と書架の間にある巨大な玻璃窓から、空を見上げる。ピートはもうルチアの元に辿り着いているのだろうか。ピートが飛び立ってから、それなりの日数が経とうとしていた。

今朝はまだルチアに会っていなかった。

空は晴天で、ウォレスによって隙間なく張られた、見えない結界で覆われている。これなら小鳥だろうが空飛ぶ魔法船だろうが、黒い霧だろうが、簡単には入って来れまい。

世界の異変など、ここには無関係のように思えた。

それでも、実際に黒い霧に覆われれば、どうなるかわからない。ウォレスは微かな焦りを感じていた。

勇者たちが死ななければいい。霧がここまで来なければいい。自分も助かればいい。気付くとそう思っているのだ。そんな自分に驚く。いつからそんなに人間臭くなったのだと、自嘲気味に問いかけても、答えは返ってこない。

ただ、ルチアの笑った姿が、瞼の裏に焼き付いたように離れない。彼女が泣くような事態にならなければいい。彼女はとても泣き虫だから、ウォレスが死んでも泣くに決まっている。

「あの勇者と魔導士、大丈夫だろうな……少し頼りないんだよなぁ」

とにもかくにも、世界もウォレスも、彼らに命運を託したのだ。信じて待つしかない。

ウォレスは思考を無理やり途切れさせて、歩き出す。

自分にはやるべきことがあるのだ。

今日は東館を調べようと思っていたが、なぜかつま先は別の方へ向いた。思考を捨てきれていなかったようで、気付くと、『光の勇者』が収められた書架の前まで来ていた。首を回せばまだリィリが視界に入る。ページを捲るか、落ちてきたゆるく流れる髪を耳にかけなおす動作以外に、彼女はぴくりとも動かない。

どれだけ勇者さま御一行が心配なのだと、ウォレスは自身の行動に呆れた。

「物語の中なら、こんなに心配しなくても、パパッと魔王が片付けられるんだろうけど」

どの本でも、最後に勝つのは光の勇者だ。

思い返せば、なぜ『光の勇者』が持っていた剣が、この図書館にあったのだろうか。ここは博物館ではなく、図書館だ。剣など必要ない。

「なんで、あの剣を見た時、夢のことを思い出したんだろう……」

ウォレスは口に出してみた。

あの夢は、自身の昔の記憶だと確信していた。思考の片隅にある、靄が掛かった部分で、誰かがそう叫んでいるようだ。

剣を見た時に起こった、逆火のような記憶の現象は果たして偶然なのだろうか。『光の勇者』と自分に、何かしら接点があるのだろうか。まさか。

「『光の勇者』が、いつの時代の話だと思っているんだ」

ウォレスは自身の思考を蔑むような薄ら笑いを浮かべながら、様々な色と大きさの『光の勇者』の背表紙を手の平でなぞっていく。その指がある一冊の本に辿り着いた時、ウォレスは動きを止めた。

何の変哲もない、『光の勇者』で、比較的薄い本だ。子供向けなのかもしれない。当然のごとく、ウォレスはこの本に見覚えがあった。きちんと定位置に収められ、おかしなところは何もない。それにもかかわらず、ウォレスは、その場を離れられなかった。

しばらく首を捻って、やがて既視感の正体を知った。

「この背表紙の本……剣があった場所に置いてあった本と一緒じゃないか？」

勇者が手にした剣のそばに、そっと置かれていた本。

この図書館に、同じ本は二冊存在しない。

ウォレスはハッとした。

気付く。あの本に見覚えがなかったことに。ケルベロスの先に何があるのか、ウォレスは知らなかったのだ。剣のそばに寄り添うように置かれていた本は、確かに『光の勇者』だったはずだ。しかし、ウォレスの心臓は、早鐘のように打つのを禁じ得なかった。

持っていた本を乱暴に書架に突っ込む。

相変わらず本に没頭するリィリを横目に、ウォレスはほとんど走るようにして歩を進めた。

数分を要して廊下の突き当たりに辿り着き、乱暴に封印を解く。ウォレスに反応するように、壁の石たちがガラガラと音を立てて道を空けた。その音を耳にかすめながら、階段を駆け下りる。途中転びそうになるが、かまわずに走った。長い階段が、もどかしくて仕方ない。

下でも封印をこじ開け、ケルベロスの広間を通った。ケルベロスは、いなくなっていた。当たり前だ。もう守る必要もないのだから。やがてこの《空間》自体も消えてしまうだろう。

ウォレスは小部屋に身体を滑り込ませた。

内部を見回すと、台座の上に剣はなく、本だけがぽつんと残されていた。

「これだ……」

誰に言うでもなく呟き、本を手に取る。それは皮も張られていない、藍色の布が巻かれただけの、簡素な本だった。枚数もそれほど多くなく、やはり先ほど手に取った『光の勇者』と同じだった。しかし最後のページに、判のような真紅の紋章がひっそりと押されていることに気付く。それは、魔物が閉じ込められていた箱に施されていたものと、同じ赤だった。

ウォレスは本の表紙に手を置き、その紋章を溶かすように魔力を注ぎ込む。

本の中で文字が動き出すのを感じた。

その微かな振動が収まると、ウォレスは震える手で、本を開いた。

ページを捲る。

立ったまま、もう一ページ。

ウォレスは無言で読む。

読んだ。

読み続けた。

しかし所詮（しょせん）は短い本。すぐに読み終わった。ウォレスは静かに本を閉じる。

無言で開けっ放しだった扉を潜（くぐ）り、ある場所へ向かった。

今度は一歩一歩ゆっくりと、息が切れない程度の速度で階段を上る。疲れたら、途中で深呼吸した。廊下に戻るとリィリは相変わらず本を読んでいるようだったが、ウォレスはリィリに目もくれない。廊下を通り抜けて辿（たど）り着いたのは、毎日足繁（あししげ）く通っている、チェスのルークのような形をした、円柱の塔。ウォレスは一段一段、踏み締めるように上っていく。

これくらいなら息が上がることもない。慣れているのだ。ウォレスは天辺に辿（たど）り着いた。

すぐに扉にぶつかる。迷わず扉を開いた。

慣れた様子で、扇形の部屋の奥へと進んだ。そこにあるのは鏡。見慣れた鏡だ。

「…………もっと早く気付くべきだったな。はじまりの町なんて呼ばれる、ここなんの関わりもない場所と、なぜ鏡同士が繋（つな）がったのか。いや、俺が気付かないふりをしていただけなのかもしれない」

ウォレスはそう言って、鏡の前に立った。

《空間》が繋（つな）がった。

第五章

「昔の物語と今の物語」

少しだけむかしのお話です。世界は魔王によって支配されたと思われていました。

気が付くとその国は闇に包まれていました。

地面は揺れ、火山が活発に動き出し、作物は実らなくなりました。

このままでは国は滅んでしまう。人々は途方にくれました。

実際のところ、それらは全て連鎖した自然災害だったのですが、人々はこれを魔王の仕業だと決め付けました。

そしてその魔王の役目を、北の果てにある古城に住んでいた少年に押し付けたのです。

ひっそり暮らしていた少年はしかし、強力な魔力を持ち、さらには古城自体に不思議な力が満ちていたので、人々は迂闊に近寄れません。少年は独り静かに暮らしていました。

少しだけ寂しいなと思いながら、しかし誰にも言えません。

そんなひとりぼっちの少年の元に、一人のお姫様が訪れます。とても美しいお姫様でした。

「私を匿ってください」

お姫様は言いました。

「このままでは、嫌いな人と結婚させられてしまいます。私は魔力を持っているせいで、国の人々からは恐れられていました。私は魔力の使い方も知らなかったのに。お父様もお母様も私をお嫌いで、国のお荷物で、政略結婚に使うくらいしか役に立たないと言われたのです。でもそんなのは嫌。自分の居場所は、自分で決めたいのです。どうか私を匿ってください」

お姫様の懇願に、しかし少年は首を横に振りました。

今、自分は国中から魔王だと思われていて、一緒にいると殺されてしまうかもしれない、そう言いました。

「平気。誰かに人生を押し付けられるくらいなら、その方がましです」

きっぱりと言って、少年の制止も聞かず、古城に住み着いてしまいました。

お姫様は明るく朗らかな方で、普通ならお姫様がやらないような仕事も、進んでやりました。

少年もいつからか、お姫様といることが、嬉しくて堪らなくなりました。

初めて出来た友達でした。

二人は幸せに暮らしていたのです。

しかし国の人々は、魔王が姫を攫ったと言い出しました。

もうこれ以上、悪魔の所業に付き合ってはいられないと。

名乗りを上げたのは、お姫様と結婚するはずだった男です。

「私が魔王を倒す！」

　彼は美しい姫が逃げ出したことに、そしてそれが自らの自尊心に傷を付けた事実に腹を立てました。男はお供を沢山従え、魔王の城に向かいます。

　世界の果てと言えなくもないような場所で。

　金に物を言わせて作った魔法石で結界をぶち破り、城内に侵入しました。

「私はお前を倒すためにここに来た！」

　少年は何も言わず、悲しそうな顔をしただけでした。

「待ってください、この方は何も悪くないのです。私は自分の足でここに来ました。後生ですから、私たちのことは放っておいてください」

　姫が少年を庇（かば）うのが癪（しゃく）に障（さわ）った男は、

「うるさいこの裏切り者！　この女ごと、まとめて切り捨てて構わん！」

　部下の兵士にそう指示を出し、一斉に二人を囲みました。

　自分だけならともかく、姫まで殺されてしまうのは許せなかった少年は、剣を構え、次々と向かってくる兵士に剣を振りかざし、魔法で応戦しました。

　やがて立っているのは、自称勇者と他称魔王、そしてお姫様の三人だけになりました。

　少年は自分が殺してしまった兵士たちを見て、唖然（あぜん）としました。それはまるで、自分が魔王になってしまったように思えたのです。

「くそっ！」

男は押されているのが自分だと気付くと、呆然としている少年の隙を突き、近くで震えていた少女のすぐ横へ、魔法石による強力な魔法を放ちました。悲鳴をあげることも出来ずに倒れ込む姫を、男は強引に引き寄せます。

「剣を捨てろ！　こいつがどうなってもいいのか⁉」

自分がどれほど卑劣なことをしているのか理解しないまま、男は少女の喉元に剣をあてがいました。

「私のことなど見捨ててください。ごめんなさい、私があなたのところに来たりしなければ、こんなことにはならなかったのに……」

泣き出すお姫様に、少年はそんな顔をしてほしくありません。

少年は友達が出来て嬉しかったのですから、そんなことを言ってほしくもありませんでした。

また悲しそうな顔をして、少年は男の方へ剣を捨てました。

男はその好機に咆哮を上げ、

「これで終わりだ！」

勇者は姫を投げ捨てると、剣を魔王の胸へ振り下ろします。

魔王と呼ばれた少年は、泡沫のような血の珠を空中に飛び散らせながら、音もなく地面に倒れます。

「ははっ、勝ったんだ、俺が勇者だ、この俺が…………ぐっ、あっ」

上を向き、狂ったように自分が勇者だと呟く男は、急に背中が燃えたように熱くなって、血海の中へ倒れ込みました。

倒れ込む男の背後でお姫様が、少年が捨てた剣を持って立っていました。

その剣は、真っ赤でした。

お姫様は力なく床に膝をおとします。

呻く男を見下ろして、彼女は言い放ちました。

「あなたは、最初から血で穢れていました。何の罪もない少年をいともたやすく殺すあなたが……あなたこそが魔王です」

呪いの言葉を口にして、静かに目を閉じます。

しかしすぐに少女は目を開けました。

少年の元に駆け寄ると、少年はまだ微かに息をしています。

少女は大急ぎで少年に治癒の魔法を掛けると、兵士たちが乗って来た馬に少年を乗せ、古城を後にしたのでした。

＊

「その少女がどこにも行けず彷徨っていて辿り着いたのが、最果ての図書館。ちょうどここを出たいと願っていたあんたは、俺の記憶と、リィリの感情を契約の証として図書館に喰わせ、それぞれに館長とメイドという役割を押し付けて、自分は悠々と旅に出た。そして俺たちを見張るために、鏡同士を繋げた。じゃなかったら、はじまりの町とこの場所が繋がるわけがない」

成長したあの時の少年が、鏡の前でそう言った。

目の前の人間に、少しだけ畏縮しながら。

「ずいぶん遅かったじゃないか。待ちくたびれたよ」

楽しげな様子の声が返ってくる。しゃがれた声だ。

「違うか、魔女」

声の主を睨み付ける。するとまた、クツクツとした笑いが返って来た。

「そうさ。これで満足かい。それより、過去を思い出した感想を聞かせておくれよ」

「実感が湧かない。他人の物みたいだ」

ウォレスは肩を竦めた。

「そりゃそうさ。お前さんの記憶はまだ図書館のものなんだから。お前さん自身の物じゃないんだ。その辺の昔話と同等だろうよ」

「……あんたの名前は？」

「私かい？　私はテオドラ、偉大なる魔女のテオドラさ。久しぶりだね、ウォレス」

鏡の向こうには、妙齢の女性が仁王立ちしていた。しゃがれた声と絹糸のように細く白い髪は老婆を思わせるが、瑞々しい肌と、自信に満ち溢れた赤い目元は、少女に見えなくもない。ローブからはみ出た指先に見える長い爪と、綺麗な鷲鼻は、いかにも魔女を思わせた。

柄の長いパイプを咥えた口端を不敵に上げて、ウォレスを見ている。全て見透かしたような態度が、いけ好かなかった。

「俺は助けてくれなんて頼んだ覚えはないぞ」

「お前さんは言ってなくても、あの姫さんが言ったんだから仕方ない」

魔女、テオドラは肩に付いた羽虫を手で払うように、ウォレスを軽くあしらった。鏡から魔力は伝わって来ないはずなのに、どうしてだか強い力のようなものを感じる。

「……まさかルチアの師匠が、元館長だったとは思わなかった」

「ほう、よく私があの娘の師匠だとわかったね」

「簡単だ。師匠は宮廷魔女が務まるほどの魔力を持っているって、前にルチアが言っていた。魔物を閉じ込めていたあの真紅の魔法は、図書館に与えられる魔力の色ではないし、そんじょそこらの人間の魔力じゃ扱えないだろう。なにより、そこに隠れていたルチアを探していた時の声と、一緒だ」

「名推理じゃないか。ルチアは、中々いい娘だろう?」

テオドラは軽快に笑ってみせた。土をシャベルで掻き回した時のような、掠れた声だ。

「あんたの弟子だなんて、とても思えないな」

ウォレスは皮肉で返した。そして、すぐに本題を切り出す。

「それで？　あんたが出て来たってことは、俺に何もかも話してくれるわけだ？」

「さあね。とりあえず、お前さんが本を見付けたのがわかったから、挨拶しに来てやったけどね。だけど、もう全部わかっているんじゃないのかい？　まあ、でも、今ルチアは出掛けちまっていないんだ。お前さんも退屈しているだろうから、私が話し相手になってもいい」

「それはご親切に、痛み入るな」

ウォレスはようやく手に入れた記憶を、頭の中で整理した。

始まりは、世界を巻き込んだものではなく、ウォレスと、その周辺の小さな話だった。

パライナの北方の一部の地域では、魔力を持った者への差別がひどい。そのため生まれつき強力な魔力を持っていたウォレスは、周囲から恐れられ、成長すると誰も来ないような古城に幽閉されたのだ。

そこに、不作と自然災害。人々は、いつしかそれをウォレスのせいにするようになった。それでもなんとか暮らしていたのは、何年前だったか。とある小国の姫だったリィリが、古城に住んでいたウォレスの元に現れたのだ。その頃のリィリは感情豊かで少々強引で、ウォレスが断ったにもかかわらず、城に居ついてしまった。

結果、起こった惨劇。

リィリは己のせいだと自身を責めていたが、ウォレスはリィリを恨んだりしていない。彼女がいようがいまいが、近い内にああなっていたに違いないのだから。

それにウォレスは今、あの時のリィリに対して特別な感情が湧かなかった。無表情のリィリとずっと一緒にいたのだ。今更過去を突き付けられても、遠い昔に見た朧月のように曖昧で、実感が伴ってこない。感情豊かなリィリなど、リィリではないような気さえした。もっとも、これはまだ記憶がウォレスの物ではないせいもあるのだろうが。

しかしこれで、リィリがウォレスに執着している理由がわかった。感情を失ってなお、少女は身体に染み込んだ罪の意識に囚われていたのだ。

それにしても、どうせたいした物じゃないだろうと思っていた記憶だったが、

「まさか、魔王の方だったなんてなぁ」

ウォレスはしみじみと呟いた。その声は、テオドラの耳にも届いたようだ。

「なんだい。まさか自分が勇者だとでも思っていたのかい、おこがましい子だね」

「そこまで驕ってない」

ただ、『光の勇者』を読んで、どことなく覚えていた親近感が、まさか魔王に対してというのは意外だった。物語に出てくる魔王とウォレスは、似ても似つかなかったが。けれど、排除される恐怖は知っている。

「あの娘はちゃんととどめを刺しておくべきだったんだ。あの古城はパライナの中でもかなり

異質な《空間》。世界から憎まれ見捨てられ、憎み返すことしか出来ない、かわいそうな《空間》さ。お前さんと違って邪悪そのもののあの男は、格好の餌食だったろうよ」

テオドラが言った。

「あー……やっぱり今の魔王って、俺を殺しに来た、自称勇者さまなのか」

確認するように問えば、テオドラは当たり前だと言いたげに鼻を鳴らした。

始まりは、人々が恐れた昔話のような魔王など、存在しなかったのだ。ウォレスは何もしていなかったし、魔物も凶暴化したりしていなかった。しかし、勝手に勇者を自称していた男が、途中から本物の魔王に成り代わってしまった。

魔王は誰にも知られることなく、交代していたのだ。

つまり、今世界中を震撼させているのは、ウォレスを刺した男ということになる。

「あの城が男を喰っちまった。生贄の血は、そこら中にあったようだしね。おまけにお前さんの魔力が入った血まで。正直腑抜け男が、ここまで世界を巻き込むとは予想していなかったけどね。よっぽどあの《空間》と相性がいいらしい」

テオドラがパイプをくゆらせながら言った。

鏡に紫煙が当たっては横に流れていく。実際に対面していなくてよかったと、ウォレスはこっそりと胸を撫で下ろした。煙は慣れていないから、きっと格好悪く咳き込むに違いない。

「他に質問は？」

聞かれて、ウォレスは少し考えてから言った。

「…………ルチアはこの事実を知ってたのか？」

テオドラが片方の眉を上げげた。

「事実って、私が元々図書館の館長で、その役目をあんたに押し付けたって事実かい？」

「そうだ。ルチアはどこまで知ってるんだ」

真剣な眼差しのウォレスに、残りの眉を上げてテオドラは呆れてみせた。

「それは、他の質問を差し置いて、真っ先に聞かなきゃいけないことなのかい？」

ルチアがどこまで知っていたのか。それはウォレスにとって一番重要な部分だった。全ての事実を知った上でウォレスと接していたのなら、今までのルチアの言動行動には、多くの嘘が含まれることになる。

そうだったら、悲しかったのだ。世界がウォレスを憎んでいたことより、ずっと。

「よっぽどあの娘を気に入っているようだね」

「御託はいい」

「あの娘は何も知らないよ。何度か話していたら察するだろうが、あの娘は純粋で嘘も吐けないような子だし、生粋のお馬鹿さんだ。それに私だって言いふらしたい過去じゃない。出来ればあんたも秘密にしておいてくれりゃいいけどね」

ルチアは何も知らない。それだけで、ウォレスは心が落ち着いて行くのがわかった。正直、テオドラに感謝してもいいくらいだ。

少し冷静になって、質問を変える。

「なんで鏡を繋げたままにしたんだ？　まだ見張りは必要か？」

「私じゃないさ。図書館が繋げたままにしたんだ。お前さんが館長として未熟だから、図書館も私が忘れられないのだろうよ。ルチアがこそこそ鏡の前に立っているのには驚いたけどね。白妙の森の一件で少しあやしいとは思っていたが、決定打はルーカス・シモン著『魔法と色の因果関係について。または人間の持つ色について』の中に書かれた知識を持ち出してきた時だね。あの本はもうその図書館にしか残っていない知識だ。そもそもあの娘がそんな高等な考え、一生かかったって思いつきゃしないだろうしね」

その時のことを思い出したのか、テオドラが声に笑みを滲ませた。ルチアの件には概ね同意だったが、その前の部分を聞き咎めたウォレスは一緒に笑うわけにはいかなかった。未熟とは失礼だ。さほど図書館に一人前だと認められたいわけではなかったが、なんとなく腹が立ったウォレスは、苛立ちを隠さず抗議する。

「これでも仕事はこなしてる」

「自我を取り戻すのに何年も掛かった青二才がよく言うよ。刺された衝撃がでかすぎたのか、私の魔法が完璧すぎたのかわからんがね」

「俺を嘲笑いたいだけなら、もう行くぞ。俺は忙しいんだ」

「ちょっとお待ちよ」

　ここで遊びはおしまいだと言わんばかりに、テオドラの声色が変わった。

「……お前さん、めでたく記憶を見付けておしまい、じゃなかろう？　これからどうやって決着をつけるつもりなんだい？」

「決着？」

　立ち去ろうとしたウォレスは、いぶかしげに振り向いた。

「お前と、魔王のだよ。どうするんだい？」

「どうするもなにも、俺は、勇者じゃないぞ……」

　口ごもるウォレスを、テオドラは鋭い視線で遮った。その瞳が、咎人を前にした裁き人のように、冷たく細められる。

「思った通りだよ、この腰抜けめ。お前さんはわかっているはずだ。中立を望んでいるのは、図書館の意思などではないことを。確かに図書館がお前さんを縛り付けているのは事実だ。図書館の意思も存在する。だが運営するのは、館長であるお前さん自身だ。お前はまた世界とも魔王ともかかわらないように、それが図書館の意思だと言わんばかりに中立を保っている。図書館の意思だと思い込もうとしている。違うかい？」

「……ちが、う」

　ウォレスの喉は、声の出し方を忘れてしまったように、掠れた。

胸騒ぎがした。館長は、図書館の意思を汲み取る。そこに明確な意思疎通があるわけではないが、確かに図書館は中立を望んでいたはずだ。ウォレスはそう汲み取っていた。そう望んでいたはずだ。

そう望んでいた？　誰が？

今にも吐き出しそうに顔を歪めたウォレスに、さらに追い打ちがかかった。

「なにが違うんだい。お前のせいで世界は不幸になったのに」

その言葉は、ウォレスの怒りに火を付けた。握り締めた拳に、血も通わなくなるほどに。

「あいつがっ、あいつがなにをしたって言うんだよ！」

ウォレスは自身の記憶を取り戻したが、本になった過去は、図書館の物であってウォレスの物ではない。だからその辺に収蔵されている本に出てくる、悲劇の主人公たちと変わらない。それでも、テオドラの言葉に、心の底の方で悲鳴があがった。

先に憎んだのは、恐れたのは、世界の方だったではないか。多くの人間に憎まれ、恐れられ、わけもわからず捨てられた。それなのに、逃げるのは、罪なのだろうか。それ以外に押し付けられた謂れのない罪は、全て受け入れたというのに。

歪んだ顔のまま、ウォレスは叫び続けた。

「あいつは静かに暮らしていたのに、勝手に魔王に仕立て上げたのはお前たちじゃないか！　あいつは、俺は、なにもしていないのに！　したくなかったのに！」

視界に、血だまりがちらつく。

ウォレスが本来持つ魔力が、怒りに任せて青白い光を放ち、そばに転がっていたガラクタを手当たりしだいにぶち壊した。木箱が激しい音を立てて木っ端みじんになったが、テオドラは怯む様子もない。

それどころか、見下すように笑い飛ばした。

「お生憎さまだね、この甘ったれが。どうしようもないことなんて、それこそこの世界には山ほどある。知っているかい？　ルチアはね、物心ついた時から家族というものがいないんだ。孤児だった。無条件で守ってくれる存在がいないというのは、時々発作のような不安を呼び起こす。苦労も多かったろう」

「そんなこと……」

ルチアは一言も話さなかった。普段はあんなにお喋りなのに。知らなかった事実に、ウォレスは愕然とした。しかし、テオドラの言うことは真実なのだとわかっていた。だからこそルチアは、ウォレスの寂しさを理解し、寄り添った。

そう思うと、余計にテオドラの言葉がウォレスの心に突き刺さった。

「それでもあの娘は明るく、強く生きようと足掻いて、私の元までやってきた。私があの町に流れ着いた時、ルチアは私を弟子にしてほしいと頼んできたのさ。それまで自分でたくましく生きてきたのに、まだ生きる力を欲した。自分を、誰かを守りたいと願って」

「…………」

押し黙るウォレスに、目の前の魔女はなおも続ける。

「お前の罪を言ってやろうか？　それはね、すぐに現状に甘んじてしまうことさ。現状に満足していないくせに。どうして古城に幽閉された時、抵抗しなかった？　なぜお姫さまを力ずくでも追い出さなかった？　なぜ諦めて剣を捨てた？　なぜそこにいるのが嫌でたまらないくせに、外に出ようと試してみることもしない？」

「っじゃあ、どうすればよかったんだよ！」

ウォレスが選択を間違えれば、誰かが傷ついてしまう状況で、目の前で誰かが傷ついてしまう状況で、一体ウォレスになにが出来ただろう。初めから出来ないとわかっていることを実行してみたとして、それがなんになるだろう。

後には、色濃い絶望が待っているだけだというのに。

「私が知るものか。ただ、お前の選択の結果がこうなった。世界は闇に沈もうとしている。お前が全て諦めたせいだ。足掻けば、なにか変わったかもしれないのに」

「……そんなこと、誰にもわからないだろ」

弱々しく反論する。抵抗する気力が湧いてこない。テオドラの言った通り、またつらい言葉から逃げようとしていると理解していても、耳を塞いでしまいたかった。

「わからないさ。だが、お前が世界を不幸にした。今、お前の言葉を聞いて、私も選択をしなければならないようだよ」

テオドラの指先が、真紅の光に包まれる。悪い予感がした。

「なにをする気だ……」

「このままでは、お前はいつか、ルチアまで不幸にするかもしれん。私はそれを呆けて見ているつもりはないよ」

「やめ……」

気付いた時には遅かった。

ウォレスが最後に見たのは、三日月形に目を細めて笑うテオドラの姿だった。

赤い破壊魔法が、鏡に直撃した。ウォレス側の鏡に、細かい亀裂が走る。刹那、鏡がまるで光の粒子のように粉々に砕け散った。床に、硝子が滑るように落ちていく。

急にウォレスは、立つ気力がなくなってその場に座り込んだ。

《空間》を繋ぐ魔法の鏡が、ただの鏡でさえなくなってしまった。

*

地平線の向こうに、黒い霧のようなものが微かに現れた。

あれが魔王の魔力の色だ。

その黒色は、鴉の大群のようにも見えたし、迫ってくる夕闇にも見えたが、とにかく魔王の怨念のようなものが感じられて薄気味悪かった。それらはゆっくりとだが、着実に図書館の方に迫って来ている。あの霧に触れるとどうなるか、大方予想が付く。

そして黒い霧は、勇者たちが押されていることを示していた。外に放出するだけの魔力を、魔王はまだ持っているのだ。彼は、勇者たちを嘲笑っているに違いない。

本当に余計な物を生み出してしまったものだ。

ウォレスは己の血を恨みながら、最果ての図書館の中でも一際高い塔の天辺にいた。それなりの広さがあったが塀は低く、風が強い日は特に危険な、吹きさらしの場所だ。

そこからなら、世界をよく見渡せた。

千切れ雲がいくつか浮いているだけの蒼空に、この季節にしては爽やかな風。黒い霧さえなければ、平和そのものだ。たったひとつが、全てを台無しにする。

ウォレスは、地平線をぼんやりと眺める。

「足掻けば、なにか変わったかもしれない、か……」

初めから、結果などわかっていたではないか。どう足掻いたところで、なにも変わらないと。

そう達観していたウォレスは、また選択を間違えたらしい。結果、最果ての図書館と、はじまりの町を繋いでいた鏡はなくなってしまった。あそこまで粉々に砕け散っては、元に戻せまい。

ルチアにも、会えない。

「いや、それも嘘だな」

独り首を振る。手元には、本があった。風に飛ばされないよう、しっかりと抱え直す。

ウォレスは記憶を取り戻した。まだ完全ではないが、完全にする方法も知っている。つまり、図書館を出て行く方法が、わかったのだ。簡単だ。テオドラと同じことをすればいい。図書館の魔力に耐えられる人物に、館長の座を渡せばいいのだ。忠誠の証として、その人物の大切ななにかを図書館に差し出させて。

そして明け渡せる人物も、もう存在している。

魔力を持った姫君、リィリ。

彼女に言えばいいのだ。館長になってほしいと。

本来図書館のメイドとは、いてもいなくてもいい存在で、彼女が館長になることになんら問題はない。魔力に耐えうるだけの身体も持っているし、今とそう生活も変わらない。そして、きっと彼女は断らないだろう。彼女にとって、主人の命令は絶対なのだから。

しかし、ウォレスはどうしても実行に移せなかった。

リィリに役目を押し付けることはつまり、見捨てて自分だけ自由になることだ。この孤独感が支配する《空間》に、リィリを一人置き去りにするということだ。

自分がされて苦しんだことを、彼女にもするということだ。

よく見た夢。森の中で、背後から名前を呼ぶ少女。あれは紛れもなくリィリだった。

ウォレスは古城のすぐそばにあった、日の射す森を散歩するのが好きで、よく森に入ったものだった。お茶の時間だとリィリが呼びにくるまで、秘密の場所でのんびりしていた。

感情豊かなリィリは想像しづらかったが、あの声だけは想像に難くなかった。夢の中で何度も聞いた。感情が伴うと、ああも声が変わるものなのか。暖かな陽気に負けないほど朗らかで、呼ばれるとくすぐったいような気持ちにさせる声。まだかろうじて平和だった頃、二人はきっと幸せだったのだろう。散歩に行ったウォレスをリィリが呼びに来て、二人でのんびりと帰る。なるほど、幸せかもしれない。

そのことを考えると、余計にどうしていいかわからなくなってしまう。

もういっそのこと何も考えずに、リィリを館長にして、今まさに魔王と戦っている勇者と魔導士に背を向け、はじまりの町へ、ルチアのところへ行ってしまいたい。きっと、ルチアは笑顔で迎えてくれるだろう。

「だけど、それじゃ……」

また逃げるのか。テオドラの声が蘇る。

悔しかった。ずるずると座り込んで、低い塀に縋るように頭を付ける。

「どうすればいい……どうすれば……」

その時。

名前を呼ばれた気がした。

それと同時に背後から風を切る音が聞こえて、ウォレスは驚いて立ち上がる。周囲を見渡して、やがてそれを見付けた。

空に、一匹の飛竜がいた。

しなやかな体軀は光沢をおびた緋色の鱗で覆われ、背中には蝙蝠のような巨大な翼が、蛇のような額には長く鋭い角が二本生えている。手足は短く、しかし却ってそれが翼を勇ましく見せていた。巨大な身体に似合わず、これまでのどんな鳥よりも優雅に空を泳いでみせる。思わず見惚れかけたが、ウォレスはさらに驚きで固まった。

「まさか……」

竜の背中に、一人の少女が乗っていたのだ。

その少女を、ウォレスはよく知っている。

「ルチア！」

少女の名前を叫ぶ。

聞こえたのか、はたまたルチアにもウォレスが見えているのか、少女は大きく手を振ってみせた。そして次に、下を指差す。

ウォレスは一瞬首を傾げたが、竜が下りて来ない理由がわかった。散漫な意識を無理やり集中させて、一時的に結界に穴を開ける。その穴を、器用に竜が潜った。竜が通ったあと、すぐに穴は塞がり出した。

図書館に竜が入り込むと、風が急に強まる。ウォレスは、つま先に力を入れながら、竜が舞い降りてくるのを見守った。

「ウォレス！」

塔に降り立った飛竜の背中から飛び降りると、ルチアは一目散にウォレスの元へ走って来た。

そして、

「ウォレス！」

「うわっ！」

勢いよくウォレスに抱きついた。鏡越しではない、直接触れられる距離。

突然の抱擁にウォレスの思考は追いつかず、あまりの勢いによろめいてしまったが、両腕はぎこちなくルチアを抱きしめ返していた。しかしルチアはそれ以上にぎゅうぎゅうとウォレスに抱きついた。まるで存在が消えてしまっていないか、確認するように。

泣きたくなるほど、温かかった。

「ルチア……苦しい」

「あ、ごめん」

ルチアは慌てて身体を離して、しかしウォレスの手を取った。

「どうしてここに？」

あんなに町から出ることを、怖がっていたのに。

「どうしてじゃないわ！　だって！　魔王の浸食が始まったって師匠が言っていて！　北ではみんな逃げ出したって聞いて！　私、あなたが闇に飲み込まれちゃうんじゃないかって、いても立ってもいられなくて、すごく怖かったけど……けど、あなたが死んじゃうのはもっといやで……」

声がどんどん掠れていく。ルチアの目には涙が溜まり始めていた。まるで水面に映る月のように、その瞳がゆらゆらと揺れる。すぐに溢れてしまいそうだ。握られたルチアの手は、震えていた。

黒い霧が眼前に迫ってくる中、それに向かって飛ぶのは、想像以上に勇気のいることだったに違いない。それでも友人のために、無我夢中でここまでやって来たのだろう。

ウォレスの口元に、自然と笑みが浮かぶ。

「ありがとう。だけど、ここならまだまだ大丈夫だ」

安心させるように手を握りかえすと、ルチアは力が抜けたようにその場にしゃがみ込んだ。

「こ、怖かったぁ」

「よくここがわかったな」

ルチアを落ち着かせるために話題を変える。

「ピートが案内してくれたから」

よく見ると竜の角に、黄緑色の小鳥が止まっていた。

「ピートもありがとう」

「ピピッ！」

ウォレスが礼を言うと、ピートはどういたしましてと高く鳴いた。

「それで、この竜は？」

気にならないわけがない。竜は涼むように、つぶらな瞳で空を見上げていた。塔の縁に足を掛けているだけでも絵になる。しかしなぜそんな竜に、ルチアが乗っているのか。

「すごいでしょう？　ここまでひとっ飛びだったのよ！　あ、そうそう、私あなたにお礼を言わなくちゃ。ピートに付けてくれた薬、本当にありがとう」

薬とは、あのどんな傷でも治すことが出来る、アランからもらった秘薬のことだろう。ピートはしっかりと運んでくれたらしい。

「どういたしまして、っておい、それじゃあ、勇者にこてんぱんにされた友人って……」

ルチアは諦念した視線を、竜に投げかけた。

「そう、この子。白妙（しろたえ）の森に封印されし赤き飛竜。この子は、光の勇者様との戦いに敗れた後、二度と悪さをしないようにとフレイラのそばにある白妙（しろたえ）の森に封印された。それからこの竜は、これからも生まれるであろう英雄たちが、強くあるために存在するようになった。だからこの子は勇者様が戦いを挑めば断れない、そういう定めなの……この子がどんなに悔い改めようとね」

「そうだったのか……」

「でもこの子は悪い子じゃないのよ！　当時だってきっと、闇の魔王に操られていたに違いないもの！　この子は飛竜よ！　戦の竜じゃない！　人間と共に生きようとしないだけで、恐れられるなんて、間違ってる！」

竜を勇者にけしかけようとウォレスが提案した時、ルチアが怒っていたのを思い出す。あの時もきっと、彼女は心を痛めていたのだろう。軽率に言ったことを、後悔した。

「そうだな、勝手に恐怖の対象にされて、封印されて……ひどいよな」

「この前どこかから噂を聞きつけた勇者様が訪れた時、この子は負けてしまった。仕方のないことだとしても、途切れ途切れの息を聞いてとても悲しくなったの。たとえこの世界が救われても、それはこの子の犠牲の上に成り立っているんだって。そんな時、あなたがあの薬をくれた。薬をあげたら、すぐに元気になったわ」

ルチアが笑顔を見せる。

「役に立ったみたいで、よかった」

「しかも竜って人間を寄せ付けない生き物なのに、一生懸命お世話していたら、すごく仲良くなれたんだよ！」

内心、ウォレスは舌を巻く。とんだ隠し玉がいたものだ。

もう一度竜に目をやると、呑気に欠伸なんかしている。もしかしたら竜も運動不足だったのかもしれない。長い間、眠っていたのだから。ウォレスはこの竜に親近感を抱いた。

「ほんと、交友関係が広いな」

鳥はともかく、竜にまで友人がいるとは思わなかった。

「大丈夫！　あなたほど奇抜な友達はいないから！」

ルチアのおさげが楽しそうに揺れる。

「だからそれやめろって………っていうか、竜より奇抜なのはさすがにどうなんだ。こっちは人間だぞ」

ウォレスは苦笑した。

竜の話が出来て上機嫌だったルチアはしかし、黒い霧を視界に入れてしまったのか、途端に顔を青ざめさせた。

「それより、あなたの方はどうなの？　本は見つかった？　見つかってないなら、私も一緒に探す！　二人ならきっと早いわ。それで早くこの子に乗って逃げましょう。大丈夫、勇者様たち、絶対勝つから、それまでの辛抱よ」

「あ、じつは、見つかったんだ………」

ルチアの表情が、花のような笑顔に変わる。

鏡越しじゃなくてもやはりころころ変わる表情に、思わずウォレスは和んでしまった。

「どうしてそれを早く言ってくれないの！」

「さっき見付けたんだ」

「じゃあここを出る方法もわかったのね！」

「えっと…………」

ルチアに詰め寄られて、ウォレスはたじたじと一歩後ろに下がった。

なんと説明すればいいのだろう。ウォレスがこの図書館を離れることが出来ないなどと。

残念だと落胆するだけならまだいい。せっかく来たのにと怒ってくれてもいい。しかし無鉄砲で誰よりも優しい彼女は、自分が館長になると言い出しかねない。あとで絶対後悔するくせに、後先考えずに誰かのために動いてしまうのだ。

そんなことは絶対に許されない。それだけは許さない。

「どうしたの？」

「あー……えっと……」

「その方と一緒に行けばいいじゃないですか」

言い淀むウォレスに、第三者の声が重なった。

ウォレスとルチアが声のした方を向くと、いつのまにかリィリが上ってきていた。柔らかい髪もスカートの裾も風になびいて、吹き飛ばされてしまうのではないかと心配になる。

「えと、あなたは？」

ルチアが聞いて、リィリはそれに答えるように軽く会釈した。

「メイドのリィリと申します。お話し中申し訳ございませんが、少しマスターとお話ししてもいいでしょうか？」

「う、うん。いいよ？」

ルチアがきょとんとする中、ウォレスはリィリが何を言いたいか察する。

「リィリ、何を言って……」

風にも全く動じず、リィリはウォレスの元へ歩み寄った。

ウォレスの表情を読んだルチアが、飛竜の元へ向かった。そして飛竜に背中を預けると、肩に飛び移ったピートを撫で始める。どうやら気を使ってくれたらしい。

図書館のメイドは、やはり淡々と喋り出す。

「リィリが館長になれば、マスターは自由の身になれます。マスターを縛るものはなくなります。だから、リィリを館長にしてください。二人とも易々死ぬ必要はないのですから。どちらにせよ、リィリはこの図書館から失ったものを見付け出せません。離れられないのです。感情だけで足りないのなら、記憶でも身体の一部でも、何でも食べさせてかまいません」

聞いていて、ウォレスは苦しくなる。彼女は身代わりになると言っているのだ。ルチアから聞きたくなかった言葉を、リィリから聞いても、やはり心は痛くなった。

「どうして……リィリこそ、俺にいつまでも縛られる必要はないんだ。罪滅ぼしなんて、しなくていい。俺はそんなことしてほしくない」

リィリはウォレスを見て、どう言えばいいのか考えているようだった。

「リィリは罪滅ぼしをしているわけではありません。彼女は罪悪感を覚えていたかもしれませんが、今のリィリには、罪悪感なんてものは存在しないのです」

抑揚(よくよう)の少ない声で、リィリは言った。

「じゃあっ……」

これ以上ないほどぎこちなく、リィリは口端(くちはし)を上げてみせた。どうやら、笑おうとしているらしい。下手くそすぎて、とても笑顔には見えなかったが。

「笑うと、人を元気にすることが出来ると、本に書いてありました。どうでしょうか？」

「…………」

「リィリとマスターは結局、友達にはなれなかったけれど、マスターが思っている以上に、リィリはマスターのことを考えています。本を読みました。マスターに許可をもらったあの日から、沢山沢山本を読みました。そうしたら、友人以外にも沢山の絆(きずな)があることを知りました。親子や恋人、仲間。敵同士の二人にさえ絆(きずな)が生まれることもあります。本の中で生まれるものは、きっと現実世界にもあるのでしょう。そうだとしたら、マスターとリィリに何らかの絆(きずな)のようなものがあるのかもしれません。この図書館にいる、今のマスターとリィリに、です。リィリにはその絆(きずな)を感じることは出来ませんが、もしマスターに見えるのなら、マスターはここから出て行くべきです。リィリはそれを見送ります」

その姿には、決意もなければ、願いもない。リィリはただ、それが当たり前だと言わんばかりだ。感情を失ったリィリは、その代わりにずっと考えていたのだ。仕事をこなしている時も、一心不乱に本を読んでいた時も、感情があった時より、感情がないからこそずっと、リィリはウォレスのことを考えていた。

その隣で、自分は現実と向き合うこともせず、逃げてばかりいたのだ。

ウォレスは静かにリィリを見て、それから、竜の首筋を撫でているルチアを見た。そして、黒い霧を見た。また少し近付いたような気がした。

「………リィリはそれでいいのか？」

「リィリはそれでかまいません」

ウォレスは降参したとばかりに息を吐いた。

「本館の蒼の間で引継ぎの儀式をやるから、必要な物を準備してくれ。俺はルチアに事情を説明してから行く」

「はい、マスター」

「それと」

踵を返してその場を離れようとしたリィリを、呼び止める。

「なんでしょうか？」

間髪入れないリィリの返事に、一瞬口ごもりながら、しかしウォレスは真っ直ぐにリィリの揺れない瞳を見つめた。

「ひとつだけ、約束してほしいことがあるんだ」

＊

瑠璃色の床に、白い線が円を描いている。円の中では青と白が混沌とした模様を作り出し、まるで夜空の星が踊っているようにも見えた。

立っているだけで、まるで空に落ちて行くような。

中心には、一本足の丸い机が置いてあった。そうした《空間》のぐるりを、無数の本が囲っている。天井が霞みそうなほど高く、その壁は全て本で埋め尽くされているのだ。

秩序のない、静謐な《空間》だった。

この本が全て落ちてきたら、下にいる者は原形も留まらないのではないだろうか。本に見下ろされながら、ウォレスはぼんやりと思う。

「お待たせしました」

気が付くと、リィリが立っていた。手には小さな籠を持っていて、中には羽根ペンとインク、それに硝子玉のような透明な魔法珠が入っていた。ウォレスは礼を言いながらそれらを受け取り、円の中心に置いた。その片側に立ち、机を挟んでリィリが立つ。

ウォレスはもうリィリに確認したりしなかった。彼女が意見を変えないことは、ここの本たちが決して落ちてこないことと同じくらい明らかだ。

「始めるぞ」

「はい」

この儀式は二度目だ。テオドラから館長の座を渡された際に行われた手順は、ウォレスの過去が書かれた本の中にあった。その本は今、机上に置かれている。

透明な魔法珠(じゅ)を手のひらに載せ、そっと床の円の中心に差し出した。意識を集中させる。しばらくすると、指先に青が灯(とも)る。床の白かった線が青みをおびた。

壁際の本たちが、息を呑(の)んだように思えた。

次の瞬間、魔法珠(じゅ)が割れ、それは突然ウォレスの手中に現れた。それは、一冊の本だった。開かれた状態で、ウォレスの手に載っている。この図書館にあるどの本よりも古く、元が何色だったのか識別出来ないほど表紙は毛羽立ち黒く汚れ、羊皮紙は黄ばんでいた。しかし糸は緩(ゆる)むことなくしっかりしていたし、紙が破れたような箇所もない。

開かれたページには、何も書かれていなかった。

しかしリィリがその本の背表紙に手を添えると、不思議なことに射干玉(ぬばたま)のような黒い文字が浮かび上がった。それはまるで誰かが透明な手で、本に書いているようだった。

『やあ、また会ったね』

文字が走った。読みやすい、綺麗な字だった。

「そうだな」

『ウォレス、館長をその子に譲ってしまうの？』

「そうだ」

『そうか、それは残念だな。私は、君が好きだったのに』

「図書館の意思よ、俺はあなたと世間話をしにきたのではない」

きっぱり言うと、文字が少し揺れた。

『わかっているよ。さあ、リィリ、新しい館長になるのなら、この本に署名をして。そして君は私になにを差し出してくれる？』

ウォレスは見咎めた。

「待ってくれ。リィリは感情を差し出しているはずだぞ。これ以上なにかを渡す必要なんてないだろ」

『だってあの娘の感情は、悲しみに死んでしまったのだもの。今のリィリから、なにかもらわないと、契約は成立しない』

「そんな——」

抗議しようとしたウォレスの手に、リィリが手を添えてそれをとめた。

「リィリはかまいません」

「俺がかまうんだよ」

叱(しか)りつけるように言って、もう一度本に向き直ったが、どんなに待っても本には何も書かれなかった。

《空間》は人間ではなく、魔物でもない。そもそも生命ではないのだ。《空間》の意思は、その《空間》を維持することを最優先にする。最果ての図書館には人間の館長が必要だ。それが《空間》の、世界の意思だ。人間の倫理など彼らには当てはまらない。だから、ウォレスがいくら抗議したところで、この《空間》が意思を変えないことはわかっていた。わかってはいたが、ウォレスは舌打ちした。

手に持っている本を床に投げつけてやりたくなったが、この本を投げたり破ったりしたところで何にもならないのはわかっている。これは意思疎通の手段であって、この本が図書館の核ではないのだから。

「マスター、だけどリィリは本当に何でもかまわないのです」

今度もリィリの言葉を無視する。

これ以上リィリからなにかを奪うなんて。

ウォレスは考えた。なにかリィリを傷付けずに、図書館と契約出来るもの。身体的な物は生活に支障をきたすし、記憶や知識を失うつらさを知っているウォレスとしては、同じことをリィリにさせたくなかった。限られた時間の中、ウォレスは必死に考える。

残酷に流れていく時間を、止める術もわからないまま壁面の本を睨み付けていたが、ふと、視線が本を支える手に移った。青白い光。

「……そうだ、魔力だ。リィリが持つ、元々の魔力を契約の証として差し出す」

契約の証として渡す物は、記憶や感情のように形のないものでもいい。たとえ魔力を渡しても、図書館から《空間》を維持するための膨大な魔力を預かることになるのだ。本来の魔力を失っても、リィリが無力になることはない。

「リィリ、それでいいか？」

「かまいません」

「図書館の意思、聞こえたか？」

今度は字が応えた。

『聞こえているよ。魔力の源、それでいいのだね？』

「かまいません」

ウォレスの代わりに、リィリが繰り返した。

『それなら、始めよう。ウォレス、今までありがとう。さあ、リィリ、ここに署名をして。君を新しい館長に任命しよう。私と、ウォレスと、ここにいる本たちがその証人になる』

「わかりました」

一時も躊躇することなく、リィリが本の空いている部分に名を書いた。羽根ペンを走らせる音が、やけに響いて聞こえた。

リィリが名前を書き終えた瞬間、多くのことが一度に起こった。

まず、ウォレスが持っていたボロボロの本が、燃え上がるようにしてウォレスの手から消えた。次にその燃えるような風はリィリの身体を取り巻くように吹き荒れ、代わりにリィリの両手から紫水晶のように神秘的な光が放出されていく。その光はやがて風に飲み込まれるようにして、上空に消えていった。

音もなく、リィリが床に膝をついた。ウォレスがそばに寄る。

「大丈夫か？」

表情を変えずに、リィリが頷く。

「少し、目がまわります」

恐らく今、本の情報と、図書館を維持するための魔力が、リィリの中に入り込んだのだ。それらは信じられないほど膨大な量であることを、ウォレスはよく知っている。

「多分しばらくしたら、慣れる……と思う」

慰めるように言う。リィリが、ウォレスを観察するようにじっと見た。

「……マスターは、なぜ泣いているのですか？」

その言葉に、驚く。手の甲で目元を乱暴に拭えば本当に泣いていて、もう一度驚いた。

見れば、机上に置かれていたウォレスの記憶が、塵のように粉々になっていく。小さな文字たちが空中に浮かび上がり、ウォレスのそばを舞っていた。

本が形を失い消えていくに従って、文字たちがウォレスの中に入っていくに従って、身体が重くなっていった。

記憶が、ウォレスの元に帰ってきたのだ。

魔力が強いせいで迫害を受けたこと、古城でひとりぼっちだったこと、束の間のリィリとの暮らし、そして起こった悲劇、受けた傷の痛み、リィリの涙。そうした一つ一つが、ウォレスの心に押し寄せて、心を暗く染めた。図書館に与えられた膨大な知識を失っても、身体はちっとも楽にならなかった。

ただ、それでも、

「これが、俺の記憶なんだな」

全て冷たい記憶ではなかった。そしてたとえ全て冷たい記憶だったとしても、やっぱりこれはウォレスのものだった。そして今のウォレスには、過去を忘れていた間の記憶もある。温かい記憶が、重くなった心を軽くした。

ウォレスが出口を見た。今は感傷に浸っている場合ではない。

「急がないと……リィリ、もう大丈夫か？」

「リィリは平気です。マスター」

「悪いけど、あとは任せたぞ」

寄ってきた。

「わかりました」

足早に蒼の間を出る。庭園に出ると、その場で足踏みしながら待ち構えていたルチアが駆け寄ってきた。

「はやくはやく。はやく行こう」

急かすようにウォレスの手を引いて、大人しく待っていた竜の元に導く。ピートも飼い主に同意するように周囲を飛びまわり、二人を急かした。

しかし、ふいにルチアは、距離をおいて傍観していたリィリに目を向ける。そしてウォレスが制止する間もなく駆け寄り、リィリの手を取った。

リィリが握られた手をじっと見つめる。

「ねえ、あなたも一緒に行こう？」

ルチアが言った。

新たな問題に、ウォレスは困ったことになったと内心焦る。彼女が初対面のリィリでさえ見過ごさないことに、どうして思い当たらなかったのか。ウォレスのよく知るルチアなら、当然リィリを見捨てたりしないだろう。

「いえ、リィリはここに残ります」

厚意を切り捨てるような言い方も、リィリに悪気はないのだが、普通の人間ならば多少は苛立つのではないか。しかしルチアに気にした様子は見られなかった。

「どうして？　心配しなくても、あなたも乗れるわ。怖かったら、私が手を繋いでいてあげる。あ、私は怖い人間じゃないのよ。ウォレスに聞いてくれればわかると思うけど」

「いいえ、リィリがここを離れるわけにはいかないので、ご一緒することは出来ません」

「でも……」

「ご一緒することは出来ません」

どこまでも続く平行線に、ひとまずルチアが区切りをつける。

「……まさか、あなたも過去を盗られているの？」

「ルチア」

ウォレスが二人の間に入るが、ルチアの言葉はとまらない。

「それなら私も一緒に探すわ。安心して。ウォレスとピートも手伝ってくれるし、みんなで探せばきっとすぐに見つかるから！　それに……」

「ルチア！」

ウォレスは一方的に喋り続けるルチアの肩を摑んで、強引に割り込んだ。

「なによ、ウォレス」

「リィリは一緒に行けない」

「どうして」

「俺が頼んだんだ」

途端、ルチアが肩に置かれた手を振りほどいて、ウォレスを睨んだ。

「どうしてそんなひどいことを言うの？　ひとりは嫌だって、あなただって言っていたじゃない。こんな寂しい場所に、こんなにかよわい女の子をひとりで置いていく気？」

「いえ、リィリはひとりでも平気です。あと、リィリはかよわくありません」

リィリが口を挟む。

「見た目の問題よ！」

論点がずれてきた。

「ルチア、時間がない。ここで言い合いをしていても、俺とリィリの意見は変わらないんだ」

振りほどかれた手でもう一度ルチアの両肩を摑み、無理矢理目を合わせる。ルチアは強気にウォレスを見つめ返していたが、やがてウォレスの瞳の中に何かを感じとったのか、諦めたように肩から力が抜けた。

「ここはしばらく安全なのね？」

「そうだ」

「しばらくって、勇者様が魔王を倒すまでのことよ？」

「ああ」

「私が勇者様たちを信じているのと同じくらい、あなたのことも信用しているのよ、ウォレス。わかってる？」

「わかってる」

「…………いいわ。じゃあ、行く」

ルチアはそう言うと、踵を返して走り出し、ひらりと竜の背に飛び乗った。

「行ってくる」

あとに残されたウォレスは、今の会話など聞こえていなかったのではないかと疑ってしまうほど無表情のリィリにそれだけ言って、ルチアの後を追った。

「お気を付けて」

リィリの言葉を背に聞きながら。


一瞬開いた結界を潜り抜け、竜は上昇していく。ウォレスはその速さに思わず目を瞑る。

ルチアがウォレスの手を摑み、興奮気味に声を上げた。

「ウォレス、ほら、見て！」

ウォレスは恐る恐る目を開いて、そして言葉を失う。

果てしない紺碧の空に、その光を受けた鮮やかな森。その中心には、最果ての図書館があった。見下ろしていた。夢にみた、外の世界から。

今この時、ウォレスは鳥籠の外にいるのだ。

図書館にいた時間だけではなく、過去の記憶を掘り起こしても、こんなにも世界の存在を濃厚に感じたことはなかった。ウォレスの心はこれまでにないほどの高揚感に包まれた。まるで空を飛ぶことに、悠久の喜びを得る鳥のように。

「外の世界はどう？」

「思ったより、広いな」

「こんなものじゃないのよ。この世界は、無限大だわ」

冷気に頰を紅潮させたルチアが、両手を大きく振り上げて、世界の広さを示した。その手には、竜の角に結び付けられた手綱が握られている。ウォレスは、もう一度遙か下を見る。

最果ての図書館。ちぐはぐな建物が寄り集まった、小さな町ほどもあるその中には、想像を超えるほどの本がある。そこには本の魔物たちが暮らしている。

そして、館長となったリィリも。

「ルチア……」

「ん？」

「お願いがあるんだ」

「どうしたの？　やっぱりもう一度、あのメイドさんにも一緒に行こうって、言いに戻る？」

「そうじゃなくて、俺を、魔王の城まで送り届けてほしいんだ」

ルチアの動きが止まる。そして、ウォレスの顔をそっと覗き込んだ。主人の動きを受けて、竜も器用にその場に停止した。

「それ、本気？」

「こんな時に冗談は言わない」

「残念ね」

馬鹿げたことを言っていると、自分でも思う。こんな窮地に、敵の本拠地に向かってほしいだなんて。勇者でもないのに。

「あなたが今言っていることは、あなたが持っていた、あの本に関係がある？」

ルチアの表情は微かに強張っている。無理矢理心を静めたような、奇妙に穏やかな言い方だ。

記憶が書かれた本は、ウォレスが館長ではなくなるのと同時に、まるで風化した砂壁のように、塵となって風に消えてしまった。ウォレスの記憶は今、彼自身の中に存在した。

だが、ウォレスは否定する。

「いや、あれはただの教訓でしかない」

「じゃあやっぱり、あのメイドさんと離れた時、あなたが見せた表情と関係があるんだね。そうじゃなかったら、ウォレスがあの子をあのまま図書館に置き去りにするはずがないもの」

この少女は、時々本当に鋭い。

ウォレスは白状した。

「……俺は、図書館が中立であることが、ずっと図書館の意思だと思っていた。でも違った。世界から離れていることを望んでいたのは、俺の方だった。俺が、世界を突き放していたんだ。

でも、もう、逃げたくない。俺は、俺が出来るやり方で、みんなを守りたい」

気付かなかった。そばにいてくれたのは、ルチアだけではなかったのだ。いつのまにか、沢山の繋がりが出来ていた。ウォレスのことを一番に考えていてくれるリィリや、旅の話を聞かせてくれたアラン、一緒に行こうと手を差し伸べてくれた勇者たち、危険をかえりみず己の元まで飛んできたピート。彼らのために、ウォレスは傍観者でいることをやめようと思った。大切な人たちのために、足掻いてみようと思った。それは結局のところ、巡り巡って、自分のためになるのだ。今のウォレス自身のために。

たとえまた世界から憎まれ、突き放されたとしても、ウォレスはもう一度世界と繋がりたかった。彼らがいる限り、何度だって手を伸ばすのだ。

「行って、どうするの？」

「俺の魔力を彼らに渡したい」

「あなたは、勇者様たちを信じているのだと、思っていたけど」

「正直な話、今勇者は押されている。希望的観測や夢物語だけじゃ、駄目なんだ。あの剣だけじゃ、今の暴走した魔王には勝てない。だから、俺が彼らに力を貸す」

勇者が持っていった剣は、光の勇者の剣などではなかった。あれはリィリが、魔王になる前の青年を刺した、ウォレスの剣だったのだ。だから図書館にあり、ウォレスの本来持つ魔力に反応して、あの剣は青白く輝いた。

光の勇者のお墨付きはなかったが、一度魔王を刺した剣だ。最終決戦で使うのに、悪くはないだろう。それは、剣の前にケルベロスを召喚した魔王自身が証明している。あの剣は、魔王にとって脅威だった。そして、ウォレスの持つ強力な魔力があれば、剣はもっと強くなる。

「お願いだ、ルチア」

時間はなかった。竜がいなければ間に合わない。そしてその竜を操れるルチア自身もいなければ、間に合わない。その姿を見た時から、これが最後の希望だと思った。ウォレスが、魔王との決着をつけるために、必要不可欠な存在。

背後から、手綱を握るルチアの手に、自身の手をそっと重ねた。震えていた。俯いていて、表情は窺えない。

だが、やはりその声も震えていた。

「……私ね、昔から怖がりなの。夜の闇も、夕方のさよならも、誰かの痛みも、魔王の噂も、みんな、みんな怖かった。いくじなしの私は、恐怖を感じると人一倍足が竦んでしまう」

「みんなそうだ。ルチアだけじゃない」

ウォレスは、テオドラから聞いたルチアの過去を想う。彼女が色々なものを恐れる理由がわかってしまった。それでもなお、ルチアの助けが必要だった。

「違う。あなたと初めて会った時だって、鏡越しでもすごく怖かった。直接会っていたら、逃げ出していたかもしれない。勇者様たちを助けたのも、結局他人事だから喜んでいられた。なのに、魔王の城に行ってほしいなんて、恐怖のかたまりだわ。あの闇に向かって飛ぶなんて。怖い。すごく怖いの……」

「………」

「でも」

ルチアが身体ごとウォレスの方へ向く。

「でも、言ったでしょ？　みんなが……、あなたが死んでしまうのはもっと怖いから」

「ルチア……」

「私、行くわ」

指先はまだ震えていた。だが、少女の瞳は決意を映していた。

「ありがとう、ルチア」

ウォレスも怖かった。大切な友人を、危険な場所に連れていくことが。うまくいくかもわからないのに。それでも、行かなければならなかった。

竜の向きを変えながら、ルチアが黒霧を指差した。竜は大人しく従う。

「この子でも、あの霧みたいなのを、進めるかわからないよ。病み上がりだもの」

「結界を張る」

身動きしたウォレスを、ルチアがちょっと待ってと言って止めた。

「ピート、あなたには、町に戻っていてほしいの」

ルチアの言葉に、ピートが抗議の鳴き声を上げた。小鳥もまた、彼女が心配なのだろう。

「お願いピート。あなたが勇敢で、足手まといにならないことは私がいちばんよく知ってる。でも戻って、私の帰りを待っていてほしいの。信じて待っていてくれる親友がいるだけで、上手くいくような気がするわ。私がそういう人間だって、知っているでしょう?」

白妙の森に向かう時も、ルチアはウォレスに対して同じことを言った。それが真実なのだろう。彼女が強くあるための。

「ルチアは絶対に俺が守る。約束するよ」

厳かな声でウォレスが誓うと、ピートは寂しげに鳴いて、それから二人の指を甘噛みする。それに満足すると、もう振り返ることはせずに、黒い霧とは反対方向へと飛び去って行った。その姿が見えなくなるまで、ルチアは動かなかった。

その間にウォレスは、天使の羽衣のような薄い結界を、竜に巻き付けるように張っていく。竜の動きを邪魔しないために、なるべく緩く、ただし隙間なく。これには、相当な集中力を要した。大切な友人の命がかかっているのだ。中途半端には出来ない。

出来上がった時には、刺すような空気の冷たさや、吹きつける風までが和らいでいた。飛竜本来の温かさが、二人を温めた。

「よさそうだな」

満足気に額を拭う。寂しそうだったルチアの顔にも、笑顔が戻った。

「なにこれ。すごく快適！　すごいよウォレス！　こんな素敵な結界、初めてよ！」

「それはよかった」

「本当に快適ね。この戦いが終わったら、こうやって、ふたりで旅に出ちゃいましょうか」

心が躍る提案だった。

「それは楽しそうだな。悪くない」

「どこまででも行けそうね」

「だけど、そんなことしたら、今度こそ反省文じゃ済まされないぞ」

「手伝ってくれるでしょ？」

「今回は俺の我儘に付き合わせているからな。さぁ、結界が強力なうちに行こう」

「……うん。しっかり摑まっていてね」

再び竜が動き出した。まるで魔法のような巧みな手綱さばきで、ルチアがそれを操る。ぐんぐんと速くなり、黒い霧はすぐに眼前になった。しかし、ルチアは速度を緩めない。

辺りが瞬く間に薄暗くなった。夜ではなく、例えるなら嵐がおこる前の、分厚い暗雲がたち込めた、陰鬱とした午後のような暗さだった。結界越しでも、気を抜けば飲み込まれてしまいそうだ。

「どこへ向かえばいいの？」

ルチアが叫ぶ。

「真っ直ぐ！　霧が濃い方へ飛ぶんだ！」

暗い森なのか、荒れた大海原なのか、もはや下の景色はなにも見えなかった。風を切る音が、結界越しに聞こえてくるだけだ。しかし、ウォレスには行き先がわかっていた。

あの古城には、己の魔力がまだ残っている。

「ウォレス！」

悲鳴混じりに名前を呼ばれる。目の前に、黒い翼の生えた鬼のような魔物たちが、闇の向こうから現れたのだ。鴉のようにぎゃあぎゃあ騒ぎながら、こちらに向かって来る。

「そのまま突き進め！」

「嘘でしょ？」

「大丈夫だから！」

「でもっ」

「俺を信じろ！」

「あー、もう！」

なかばやけになったのか、ルチアが迷いを振り払うように、手綱を強く握り締めた。

魔物たちの中に、突っ込む。結界が彼らを弾き、竜の進路を守った。だが、安心したのも束の間、突如、竜の進路がぶれた。一際身体の大きい魔物が、小さな魔物たちを押し退けて横から結界に張り付いたのだ。結界を壊そうと、棍棒のような鈍器で殴り始める。薄く張った結界だ。何度もやられれば、砕けてしまうかもしれない。竜の動きが、若干鈍った。

「親玉が出てきたな。ルチアはそのまま前を見ててくれ。俺が叩く」

ウォレスは手の中で、息を吹き込みながら、青い珠を作った。それを、巨大な魔物に向かって投げつける。瞬間、珠は火花のように弾けて、武器を持った魔物の右半分が黒い霧と化した。

魔物は、断末魔を上げながら、落ちて行く。襲いかかってきた魔物たちの統制が崩れた。

竜が速度を上げて、残りの魔物を引き剝がした。

「もう、もうっ！　怖すぎよ！」

恐怖を和らげようとしているのか、ルチアが大声で文句を言った。

「そう言いながら、しっかり操ってるじゃないか」

「当たり前よ！　しっかりしなきゃ、落ちちゃうじゃない！」

「いい腕だ。さすが、実技は褒められただけはある。実技は」

「悪意のある言い方はやめてよね！」

二人の軽い応酬を気にすることなく竜はぐんぐんと飛んでいたが、あるところで、不意に速度を緩めた。ウォレスも、遠くにそれを認識した。

「いよいよだ」

それは、崩れかかった城だった。尖塔の何本かは途中から折れ、城の中心は陥没してしまっているように見える。しかし、崩れかかっているといっても、一目見て難攻不落と思われる高い城壁を張り巡らした城塞都市のような巨大さである。周囲に広がる禍々しい黒霧を、城自身が放出していた。魔王が持つ黒い魔力がこの《空間》と共鳴し、ここまで姿を変えてしまったのだ。記憶を取り戻したウォレスでさえ、あの城に見覚えはなかった。お気に入りだったはずの森も、城に飲み込まれてしまっているだろう。そのことを考えると、心が苦い。

「勇者様たちは、どこかしら」

ルチアが、近付いた城壁に沿うように、竜を飛ばす。もちろん、ウォレスにはわかっていた。

「あの城の中心にいるはずだ。準備をする。少しの間だけ待っててくれ」

そう言うと、懐から小さな御守りを出した。ルチアから貰った、大切なものだ。次に、小型のナイフを取り出し、自身の手に深く切り込みを入れる。切り口からすぐに鮮血が溢れ出して、御守りの布部分を赤く染めていく。

「ちょ、ちょっと、なにをしてるの？」

ルチアが戸惑った声を上げる。

「せっかくもらった物だけど、確か宝物には魔力が籠もりやすいんだったな。器はこれがいいと思うんだ」

「そうじゃなくて……、痛いでしょ？」

「平気だ。これがいちばんいいんだ」

魔王もウォレスの血を吸って強大な力を手にしたのだ。効き目は抜群にあるはずだった。しかしこれは、呪いなどではない。

　血を伝って、本来ウォレスが持つ魔力が、御守りに流れ込んでいくのがわかった。意識を指先に集中して、容器から零れ落ちそうなほどの魔力を込めるまで、それを止めなかった。

「ふぅ……」

　ウォレスの額から大粒の汗が零れ落ちた頃、ようやく御守りから傷口を離した。すかさずルチアがハンカチを渡してくれたので、有難くそれを受け取り、傷口に当てた。面積の小さな御守りは、白い部分も黄色の部分もなくなり、赤銅色になっていた。血のせいだけではない、ずっしりした重みが、伝わってくる。

「これでいい。行こう」

　御守りを強く握り締め、前を向いた。

　不思議と、恐怖は感じなかった。誰もウォレスに世界の命運を託していないせいかもしれない。ウォレスも、世界のことなど考えていなかった。ただ自分のほんの周囲にいる、大切な人たちのために、自分自身の物語に決着を付けるために向かうのだ。

　ルチアが深呼吸する音が聞こえた。

　背中に仕舞い込むように翼を折りたたみ、竜が滑空しながら少しずつ高度を下げていく。一気に城が近くなった。本来一番高く作られていたのであろう城の中心は、半壊し天井は崩れ去っている。竜が様子を見るように、その周囲を二、三度旋回した。今まさに、剣と剣が交じりあい、破壊魔法の応酬が繰り広げられているのだ。

彼らが、命懸けで戦っている。

ルチアが振り返ってウォレスを見た。緊張した面持ちで、指示を求めている。

「彼らが戦っている真上に」

「……わかった」

言うやいなや、竜が塔の中へ滑り込んだ。

見えた。身体中傷だらけで、いまにも倒れてしまいそうな勇者と魔導士が。そして、もはや人間の形を留めていない、月のない夜のように黒く巨大な魔王の姿が。

「久しぶりだな」

聞こえないのは知っていたが、ウォレスはそう呟いた。魔王は世界を憎んでいる。もう何も見ようともしないし、聞こうともしない。いや、見えないし、聞こえないのだ。

竜が彼らの真上に辿り着いた瞬間、ウォレスは水滴のような蒼い魔法珠を手から滑りおとした。それは狙い通り魔王の真上に落ち、瞬く間に広がり、広間に円形の魔法陣を描きあげた。幾何学模様のそれは、神々しいほど、まばゆく光る。魔法陣の内部は、束の間、ウォレスの魔力で満たされた。次の瞬間、魔王の足元から青白い閃光が伸び、生きた縄のように魔王を縛り上げた。魔王の動きが止まった。拘束の魔法だ。

「すごい……」

「長くはもたない。今のうちに行くぞ」

目を丸くして下を見ていたルチアは慌てて、竜を勇者たちの背後に着陸させた。勇者たちはなにが起きたかまだ理解出来ていないらしく、呆然と竜の動きを見守るだけだった。

「久しぶりだな」

「あ、あなたたちは……どうして、ここに」

今度は反応があった。竜の背から飛び降りたウォレスたちを、勇者は混乱しきった表情で迎えた。ウォレスとルチア、それに竜を順番に見つめる。

「説明している暇はないんだ」

久々の地上であることと、度重なる魔力の放出に足元をふらつかせながら、勇者の元へ駆け寄る。そして勇者の手首に、先ほど魔力を込めたばかりの御守りを巻き付けた。その刹那、勇者が持っていた剣が、まるで夜明けの太陽のように輝きだす。まさに夜を終わらせる、優しく力強い光だった。

その光は、剣を通して、勇者の腕にも流れ込んだらしい。

「この力は……」

「言っておくけど、俺の力を貸したとしても、最後に魔王を倒すのはあんたなんだ。あんたにしか、魔王を倒すことは出来ない。だから、お願いだ」

そばでは、ルチアが魔導士に治癒魔法をかけていた。うまいとは言い難いが、ないよりはましだろう。

魔王が、世界を轟かすような雄叫びを上げる。広間中が震えて、脆くなった壁がぱらぱらと崩れ落ちた。

しかしウォレスは動じることなく、勇者を見た。

「世界を救ってほしい」

勇者が、頷く。

魔王を拘束していた蒼色が弾けとんだ。

同時に、膨れ上がった身体から、留まりきらなかった黒い霧が、噴出した。一瞬で周囲が暗くなる。黒い瘴気は辺りを包み、ウォレスの身体は無数の手に押さえ込まれたように重く、動きにくくなった。それは、身体だけでなく、心まで蝕むようだった。根を張るように、深く。

世界中の雑音が聞こえた気がした。ウォレスを断罪する声だ。

視界に血だまりが見えたような気がした。ウォレスが殺した兵士たちの血だ。

「あ……」

幻惑なのはわかっている。しかし、内側から破壊されていくような不快な感覚に、ウォレスは心臓を鷲掴むように胸を掻き毟った。

ガクンと、魔導士が崩れ落ちるように膝をついた。胸元に杖を抱き、包帯が巻かれた喉元に手を当てたまま動かない。

「ア、アリアッ……」

勇者も剣を地面に突き立て、なんとか立っている有様だった。

何とかしなければ。ウォレスは恐怖が口から漏れ出ないように歯を食いしばった。瘴気を振り払おうと、残っているありったけの魔力を指先に込めた時、

「みんな、屈しちゃだめだよ！」

光の柱が、黒い霧を真っ二つに裂くように天上へ昇ったかと思うと、飛散して霧を消し去った。まるで波が引いていくように、身体が軽くなる。

見ると、ルチアの両手が、太陽のように輝いている。額に玉の汗を浮かべて、足は震えている。しかし、ルチアは励ますようにウォレスに向かって笑いかけた。

「あなた直伝の、魔法。上手でしょう？」

勇者を勇者として旅立たせるために使った、光の演出だ。

「……まさかこんなところで役に立つとは思わなかった」

「うん。私も驚いてる。でも、練習しておいてよかった」

おどけたように言って、もう一度笑った。

ルチアの笑顔は、ウォレスの心を奮い立たせるには十分だった。

仁王立ちになって、魔王と真正面から対峙する。まだウォレスの底の方には、魔力が残っている。まだ戦える。まだ、自分にも出来ることがあるはずだ。

ウォレスの両手に、稲妻(いなずま)のような緊迫した青が宿る。

二人は、睨(にら)み合った。

先に動いたのは魔王の方だった。

魔王の周囲に数百本にものぼりそうな、黒い剣が現れた。魔王の憎しみを体現したような鋭い切っ先は、全てこちらを向いている。正確には、ウォレスに。ウォレスの魔力を感じて、魔王も思い出したのだろう。あの惨劇(さんげき)を。

世界へ向けられていた憎悪は、今全てウォレスに向けられていた。

体勢を立て直した勇者が、剣を構えた。しかしウォレスはそれを手で制する。勇者の力は、今使うべきではない。最後の一撃までとっておくべきだ。

魔王に向かって一歩近づく。

「どうだ？　世界から魔王にされた気分は。これで俺の気持ちが少しはわかればいいんだがな。いや、あんたは魔王役を楽しんでいるみたいだから、無理か」

挑発するように言った。かつて勇者を自称した男に向けて、魔王役を押し付けられたウォレスの、小さな恨み言だ。

聞こえたのかどうか。その言葉によって、魔王の周囲の黒剣が、さらに増える。それでいい。力を思い切り使えば、それだけ魔王の力が削れる。

いくら魔王と呼ばれようとも、力は有限だ。

「さあ、来い！」

ウォレスが叫ぶ。

黒い剣が、一斉に放たれた。危険なのはウォレスだけではなかった。数百本の黒剣は、周囲一帯を危険にさらした。

ルチアが悲鳴を飲み込む音が、微かに聞こえる。

ウォレスは空中を引っかくように、大きく手を振りかぶった。途端、目の前に古代文字が刻み込まれた青い結界が生まれる。黒い剣が次々に結界に突き刺さった。刺さった黒剣は粉々に壊れていく。しかし、しばらくすると、硝子にヒビが入る時のような、不吉な音があちこちでし始める。結界が脆くなっているのだ。決して甘く見ていたわけではない。けれど、魔王の力は恐ろしいほど強大だった。ウォレスの息も上がる。

最後の黒剣が放たれて、ついに結界が砕かれた。砕いた剣は軌道を逸らされながらも結界を突き抜け、そして、

「ルチア！」

あろうことかそれは、ルチアの元へ飛んで行った。ルチアは恐怖に凍りついたように動けない。ウォレスは走り出していた。足がもつれるのもかまわず、腕を伸ばす。ウォレスが放った魔法が、ルチアに刺さる寸前の黒い剣を掴んだ。ルチアが後ろに転ぶ。

剣は見た目に反して、凄まじい熱を持っていた。まるで皮膚を切り裂かれるような激痛が、

ウォレスの腕にまで走る。一瞬意識が遠のく。だが、ウォレスは決して離さなかった。

「…………」

非情にも、魔王はそんなウォレスに向かって一本の黒剣を放つ。その剣を弾く力は、ウォレスには残っていない。しかし、今摑んでいる剣だけは、どんなことがあっても離すわけにはいかないのだ。

剣が刺さる覚悟をした時だった。

「させないぞ！」

魔王とウォレスの間に、勇者が入り込み、向かってきた黒剣を輝く剣で弾き飛ばす。

同時に、ウォレスは叫んでいた。

「俺は……俺は、あの時とは違うぞ、魔王！」

死んだって離すものか。強く拳を握りしめる。黒い剣に細かい網の目のようなヒビが入る。ウォレスはさらに力を入れた。魔力が膨張するように巨大化し、そして握り締めていた黒剣を粉砕した。

「行こう、アリア！」

それを合図に、勇者と魔導士が走り出す。

魔王の周囲を蠢く霧が、虫のような形をとって、二人に襲い掛かった。魔導士は立ち止まり、冷静に魔力を宿すと、杖を大きく振りかぶる。すると、杖からいく筋もの水流が生まれ、弓矢のごとく宙に弧を描き、的確に黒い魔物を貫いていく。次に杖を斜めに切ると、虫たちの中に留まった水が膨らんで破裂した。手を叩く時のような音を立てて、魔物が弾け飛んでいく。

その隙に、勇者が走る。魔王の元に踏み込み、そして剣を振り上げた。もう迷いのない、力強い腕だ。

魔王の手にも、巨大な剣が現れる。

ウォレスは最後の力を振り絞って、大きく空に手を広げた。その両手から、青い光の粒子が飛び出し、空中を舞う。まるで星空だった。そしてその星屑たちは、ウォレスに残っていた、正真正銘、最後の魔力の一滴だ。その輝きは勇者を守護するように包み込み、彼の剣はさらに輝きを増した。

「あ」

そこで、ウォレスの世界がぐるぐるとまわり出した。視界がぐにゃりと歪む。二、三歩よろめくと、ついには自身の体重を支えきれなくなって、ルチアのそばに倒れ込んだ。

「ウォレス！」

呪縛から解き放たれたように、ルチアが駆け寄る。

飛竜がそんな二人を守るように、前に立ちはだかって、魔王を威嚇するように鳴いた。ルチアの言った通り、本来、悪い竜ではないのだろう。

「……怪我はないか？」

「大丈夫よ……それより、あなたは？　やだ、冷たい」

ルチアはウォレスの指先をさするように包み込む。限界だった。度重なる強力な魔力の使用に、ウォレスの身体は悲鳴をあげていた。指先に温度はなく、息だけが荒い。

「……やっぱり、日頃から運動するべき、だな」

「こんな時に言う台詞じゃないよ」

冗談を言ったつもりなのに、ルチアはいつもみたいに笑わない。

それどころか、ルチアは泣いていた。とめどない水滴が、ウォレスの頬に落ちる。ウォレスは困ったように微笑んだ。ウォレスは自分のすべきことが出来て、ルチアを守れて、嬉しかったのだから。泣いてほしくなかった。

「待ってて。今すぐ治癒するから」

「ルチアのじゃ、焼け石に水……」

「失礼ね」

ルチアの指先から、黄昏時のような温もりを感じた。少女の持つ魔法の色は、その色の通りとても暖かい。すぐそばで世界の命運をかけた戦いをしているというのに、場違いにもウォレスは幸福を感じた。ルチアの指先を握る。何かを感じ取った彼女は、ウォレスの顔に耳を寄せた。

霞む視界の端で、勇者と魔導士が必死に魔王に立ち向かっているのが見えた。彼らなら、きっと大丈夫だろう。ウォレスはそう信じていた。

「ルチア、お願いがあるんだ」

「なに？」

「…………」

必死にルチアの耳元で囁く。激しい戦闘音が周囲にこだましていたが、しっかりとウォレスの口元に耳を寄せたルチアは、力強く頷いた。

ウォレスは安心する。

安心して、意識を手放した。

そして世界は救われた。

ウォレスが眠っている間に。

エピローグ

「影の勇者の物語」

ウォレスは目を覚ました。

延々と続く深淵(しんえん)からそっと引き上げられたような感覚に、しばらく身を任せる。暖められた部屋には幾筋もの光が差し込み、窓の外からは小鳥のさえずりが聞こえた。気持ちの良い朝だ。黒い魔力に覆(おお)われた様子は、微塵(みじん)もない。

伸びをして、気付く。身体(からだ)の中がからっぽだった。頭はぼんやりしていたし、魔力は干からびたように底を突いていた。そしてなにより、空腹だった。少しふらつきながら、ベッドをおりる。疲労や魔力は仕方ないとして、腹は満たしてやらねば。

扉を開けた瞬間だった。

バサバサバサ！

大量の紙吹雪が舞った。

ウォレスの頭や肩に、細切れの紙が雪のように積もった。こういう非生産的な悪戯(いたずら)をするのは、彼らしかいない。

「お前ら！　紙で遊ぶなって、いつも言ってるだろうが！」

肩から紙を叩き落としながら、空中を怒鳴りつけた。怒鳴ったせいで眩暈がして、慌てて扉に寄りかかる。

「館長だ！」

よく見知った魔物たちが、待ち構えていたように姿を現した。沢山の魔物が、くしゃくしゃとウォレスの目の前を浮遊する。そして、

「館長が起きた、おはよう！」「館長さんが戻ってきた、おかえり！」「館長殿、元気になったのか？」「館長はこの図書館に来る時、意識を失っていないと気が済まないのかしら？」「おかえり！」「おかえり！」「おかえり！」

口々に喋り出した。

「今の俺は館長じゃないぞ。お客さまなんだから、もっと丁重に扱え」

苦笑しながら、ウォレスは久々に自ら近寄ってきた魔物たちとの会話に、安心感を覚えていた。なんだか懐かしい気さえした。

「館長さん、あのメイドを館長にするなんて、ひどいわ！」「リィリ怖い！」「館長が館長じゃなくなったら、一体全体誰に悪戯をすればいいんだ！」「私は館長がいい！」「俺も！」「私も！」「吾輩も！」「リィリ怖い！」

いまや廊下は白いくしゃくしゃでいっぱいだった。ここにいない魔物たちも、近くの本の中

にいる気配がした。

「魔物が人間を怖がってどうするんだ」

顔を覗き込んできた魔物を手で押し退けながら、ウォレスは呆れる。不純な動機で口々に歓迎の言葉を叫ぶ魔物たちに、しかし前ほど苛立たない。

「あのメイドは人間じゃありません、悪魔の化身です」「館長に悪戯したのがばれると、あのメイド本気で握り潰そうとしてくるんだ」「こっちだって命懸けなのよ」「どう考えたって、俺たちは火気厳禁だろ、なのに……」「あのメイドは本当に……」

「リィリがどうかしましたか？」

魔物たちがウォレスに切々と訴えていると、背後から声がした。魔物たちは一瞬固まり、次の瞬間、竜巻に襲われた麦畑のような大騒ぎが起きた。身体の紙切れが舞うのも気にせず、魔物たちは本の隙間に逃げ帰っていく。三秒後には、ウォレスの視界に魔物の姿はなかった。

ウォレスは愉快な気分で振り返る。

「リィリ、おはよう」

「なぜ戻ってきたのですか？」

挨拶は返ってこなかった。

変わらない無表情で、リィリが立っていた。湯気の立つ牛乳と、それに浸すパンを載せた盆を持っている。館長の座についたにも関わらず、いつものエプロン姿だった。

「悪かったよ。こんな情けない姿で戻って来て。迷惑をかけるつもりじゃなかったんだ」

「それは、リィリが聞いている質問の答えではないと思います」

「……俺とした約束は覚えているか？」

ウォレスが館長の座をリィリに渡す直前、ひとつ約束をしたのだ。約束というより、条件と言った方が正しいだろうか。

リィリが頷く。

「マスターはこう言われました。『ひとつだけ約束してほしい。俺がもし外の世界がやっぱりいやになって、ここに帰ってきた時には、館長の役目を返してほしい』と」

ゆっくりと、リィリに近寄る。

「それで、俺はこうやって帰ってきた。約束だから、返してもらわないといけないな」

「外の世界が、おいやになったのですか？」

「そういうわけじゃないけど。結構刺激的だったし」

刺激的過ぎて、倒れてしまったが。

「では、なぜ、この図書館に帰って来たのですか？　マスターはもう自由なのだから、あの方と一緒に行けばよかったのに。あの方は、マスターにとって、大切なご友人ではないのですか？」

首を傾げたリィリには、本当にわからないのだろう。

ウォレスはリィリから朝食の載った盆を取り上げて、来た道を戻った。リィリが大人しく付いてくる。周辺に散らかった紙吹雪は、あとで魔物たちに掃除させよう。

「俺もひとつ聞きたいことがある。リィリは記憶をなくしたわけじゃないのに、どうして俺にそのことを教えてくれなかったんだ」

リィリが図書館に差し出したのは感情であって記憶ではない。つまり、彼女は知っていたのだ。なぜ自分たちがここにいるのかを。

思い出してしまえば、ウォレスがどこかへ行ってしまうと思ったのだろうか。それとも、図書館の意思に従ってのことだったのか。

しかし、返ってきた答えは全く別のものだった。

「彼女は、リィリではありません」

彼女とは、感情を奪われる前のリィリのことだろう。どうやらリィリの中では、図書館に来る前の少女と自分は別物になるらしい。

「今も昔も、リィリはリィリだろう？」

自室に戻ったウォレスは、ベッドに腰掛け、パンを牛乳に浸す。砂糖と林檎のジャムを溶かしてあるのか、甘かった。

リィリはそばに立ったまま、とつとつと話し始めた。

「いいえ。だってリィリには、あのような感情の起伏はないのですから。あまりに感情豊かだから、いつも、頭の隅にいる彼女は誰だろうと考えていました。リィリはマスターのために、あれだけの涙を流すことは出来ません。だから、あの思い出らしき断片は、リィリのものではありません。あれはリィリにとって、『光の勇者』のような夢物語のひとつに過ぎないのです。そしてリィリに物語を語る力はありません。マスターにお話しするような物語が、リィリにはないのです。リィリは、この図書館でメイドをする、ただのリィリなのです」

それを聞いて、ウォレスはやはりリィリを一人には出来ないと思った。感情がなくても何がなくても、きっとこんなところでひとりぼっちでいれば、いずれ今のリィリも消えてしまうに違いない。独りはつらい。独りは寂しい。ウォレスは、それを誰よりも知っている。リィリはそれを知らない。だからこそ、脆(もろ)い。

自分にはルチアがいてくれた。ルチアがいたから寂しさはなくなった。存在意義も、どうでもよくなるくらいに。

じゃあ、リィリには？　リィリには、誰がいてくれる？

「ルチアは確かに大切な友達だけど、リィリだって俺の大切な友達だよ」

「ともだち？」

繰り返された言葉に、ウォレスは微笑(ほほえ)んだ。

「リィリが言ったんだろ？　俺とリィリの間にも、なにか絆(きずな)みたいなものがあるんじゃないかって。過去のことは、今の俺にも正直少し薄いものになってしまったけど。今のリィリとは、俺もあると思うんだ、絆が」

それに気付いたのも、ずいぶん遅くなってしまったが。それでも気付けてよかったと心底思う。間に合わないところまでいってしまわなくて、よかった。

「それが、マスターがここに戻ってきた答えなのでしょうか？」

「ただいま、リィリ」

「…………」

長い睫毛を微かに上に向けて、リィリは押し黙った。

「リィリ？」

どこか具合でも悪いのだろうか。ウォレスは心配になる。

「……心臓のあたりが、少し、温かいような気がします」

陶器のようなその白い頰が、ほんの少しだけ色付いたように思えた。

「リィリ、まさか……」

「これが、嬉しいという感情なのでしょうか？」

少女は胸を押さえて、主人を見た。その温もりは、今のリィリにとって得体の知れないものに違いない。ほんのり赤いその頰と少しだけ下がった眉は、いかにも戸惑っていて、ウォレスは思わず笑った。

「リィリはすごいな。自分の感情を、自分で見付け出すなんて。それは多分、図書館に喰われてしまったリィリの感情じゃなくて、今のリィリが作り出した感情だ。それは自分のものだよ。大事に持っているといい」

　ウォレスはそう言って、リィリにもう一度微笑みかけた。

「マスターが言うなら、そうします」

「そのマスターっていうのも、おかしいよな。この図書館の館長は、今、リィリなんだから」

「そうでしょうか？」

「うーん、俺もそれで慣れてるから、そんなに違和感はないけど。まあ、でも、俺の魔力が戻り次第、館長の役目は返してもらう予定だから、無理に変えなくてもいいか」

　儀式の際は、また図書館になにか差し出さなくてはならない。記憶を差し出すのは、もう嫌だった。だからリィリと同じように、本来持つ己の魔力の根幹を、図書館に差し出そうと思った。どうせ館長になれば、図書館から膨大な魔力を預かることになる。魔王がいなくなった今、それ以上の魔力は必要ないだろう。

《空間》の意思は、再度ウォレスを館長として迎え入れるだろうか。恐らく、大丈夫だろう。なぜだかわからないが、この図書館には気に入られているらしい。

　ウォレスは楽観的に欠伸をした。

「食後のお茶が欲しいな」

「すぐにお持ちします」

リィリが部屋を出て行こうとして、しかし立ち止まった。

「そういえば、ご伝言をお預かりしているんです」

「伝言？　誰のだ？」

「マスターをここまで連れてきて下さった方です。『私は怒られないうちに帰らなきゃいけないから、ウォレスにまた明日ねって、伝えておいて』とのことです」

その言葉を聞いて、ウォレスの心は急速に沈んだ。


日課とは、恐ろしいものだ。

ウォレスは沈んだ気持ちのまま、階段を上っていく。ルチアと会える場所。約束した時間。しかし、鏡はテオドラの手によって割られてしまった。もう鏡越しに会うことは叶わない。ルチアが知ったら、がっかりするだろう。

だが、この場所に戻って来たことを、ウォレスは後悔していなかった。世界が救われたあかつきには、最果ての図書館に送り届けてほしいと、ウォレス自身が頼んだのだ。現実を覚悟した上で。しかし、未練がないと言えば嘘になる。足は自然と鏡の間に向かっていた。

むなしくなって、ため息を吐く。

「同じ空の下で生きているからいいなんて、綺麗事だよな」

その時。歌が聞こえてきた。ウォレスは、はっとして顔を上げる。空耳ではなかった。確かに、塔の上で誰かが歌っていた。無意識に、走り出す。

　大きな音を立てながら扉を開け、中に入った。そして、

「……………呪歌か」

「なんだい、せっかく元に戻してやったのに」

　人はいなかった。その代わり、鏡がある。割れて粉々になったはずの、鏡だ。そしてそこには、鏡を砕いた張本人である、テオドラが映っていた。相変わらずパイプを咥えているが、火は点いていなかった。

「娘に悪影響だから、もうあの男には会わせないって鏡を割ったくせに、どうした？　心変わりでもしたのか？」

　嚙みつくように言ったが、テオドラはやはりどこ吹く風だ。

「まあ吠えるな。私は話のわからない人間じゃないよ。お前さんは私の説教にふてくされながらも、足搔いた。その結果、世界はこうやって続いている。今のお前さんなら、ルチアを不幸にすることもあるまい。だからご褒美に、鏡を元に戻してやったんだよ。それだけのことさ。ちなみに、あの娘はまだ寝ているよ」

「あ、ああ……」

　予想していなかった言葉に、ウォレスは返答に困る。これは、褒められているのだろうか。別に嬉しくないが。いや、鏡が元通りになったのは嬉しかったが。

「でもまあ元気そうじゃないか。図書館もお前さんも」

「気にしてたのか?」

「そりゃあ古巣だし、離れれば少し寂しいもんだよ」

「じゃあ捨てなきゃよかったのに」

図書館のことだ。

「………見てみたかったのさ。本に書いてある世界を。それに、奴(やつ)から聞いた世界を」

テオドラは懐かしそうに目を閉じた。

「聞いた世界?」

「私には妖精の血が混じっている。お前さんも知っておろうが、妖精は人の何倍も生きる種族だ。そして私が得意とする魔法は、時を操る力。つまり私は、古(いにしえ)の魔女なのだよ」

時を操る魔女は、世界にも数えるほどしかいないと言うが、テオドラの言うことは嘘(うそ)ではないだろう。粉々に割れた鏡を元通りにするなど、時を遡(さかのぼ)らせないと出来ない。しかしなぜ急にテオドラは自己紹介をしだしたのか。不覚にも、ウォレスは興味を覚えてしまった。

「それで?」

「私は長いこと、最果ての図書館にいたんだ。そこには滅多に人が来ないが、絶対に来ないってことはない。今も昔も人間が考えることは同じさ。私が館長の時も来たんだよ、一人の男が。今は、光の勇者なんて呼ばれているみたいだけど」

「あんた一体何歳だ？」

人を殺めそうな視線が返ってきた。鏡越しでもゾッとして、ウォレスは大人しくすることに決めた。

「女性に歳を聞くんじゃないよ……ったく、今でこそあいつは英雄と崇められて、パライナで一番の有名人だけど、実際に会った私からすれば、奴は一点を除いてただの人間だったよ。その一点というのは、パライナを、この世界を愛していたってことだけさ。魔王が世界を憎んでいたかは知らないしどうでもいいが、奴の方は世界で一番パライナを愛していた。愛するもののためなら、人間は異常なまでに強くなることもあるからね。そして知っての通り、やり遂げたのさ。だけどあいつも人間だから、私に知恵を求めたし、つらい苦しいと泣き言が口からもれていた……おや、何を笑っているんだい？」

「別に」

やっぱり光の勇者さまも、れっきとした人間じゃないか。散々神だなんだと本に書かれていたが、ウォレスはテオドラの言う光の勇者の方が、ずっと好きになれそうな気がした。

「変な子だね。とにかく、奴は世界を愛していて、このテオドラ様にどれだけ外の世界が美しいのかこんこんと語った。特に自分の故郷のことをね。私は鼻で笑っていたが、内心奴の言葉に興味を覚えていたみたいでねえ、本を読み漁っていてもどこか心の奥底に奴の言葉たちが残っていたらしい。それにあんな若造が知っていることを、この私が知らないのも癪じゃないか。

だからお前さんたちを助けて外の世界に出た時も、ふらふら旅をしながら、最後には煩い小娘がいるだけの、こんな田舎町に来ちまった」

そう言いながらも、テオドラの表情はどこか満足気だ。

ウォレスはテオドラの話が一段落すると、ふと気になった問いを口にした。

「あんたはどうして、俺から記憶を、リィリから感情を奪ったんだ？」

契約の代償に渡すものは、重要な物でなければならないが、必ずしも記憶や感情でなくてもいい。図書館に繋ぎ止めておくには、図書館の魔力を与えられればそれが首輪になるからだ。

なぜ、自分たちからそれらを奪ったのか。

テオドラはしばらく黙っていたが、やがて記憶を辿るように目を細めて、話し始めた。

「私が好きでそうしたんじゃない。あの娘がそう望んだんだよ。この人を助けてくださいと、錯乱したように泣いていて、このままじゃ胸が張り裂けて死んじまうんじゃないかと思った。お前さんを助けたら、満足して自分で命を絶ちそうな勢いさ。結局、あの娘から離れた感情は、悲しみに死んじまった。あんたもあんたで、いらない、湿気た記憶ばっかりだ。楽しい思い出なんて、ろくにありゃしない。まあ婆のお節介だと思って許しておくれよ。こうでもしなきゃ死んじまいそうだったとは言え、彷徨っていたあんたたちをこの図書館に導いたのも私だし、それを利用して旅に出たのは事実だから、その辺まで許せとは言わないけどさ」

ウォレスは、ゆっくりと肩の力を抜いた。たとえそれが《空間》を守るためとはいえ、死にかけたウォレスを生かしたのがテオドラとこの図書館だという事実は変わらない。この《空間》でなければ、ウォレスは死んでいただろう。

「……魔王の城での生活よりは、多少快適だったよ」

「そりゃよかった。おや、ルチアが起きたようだ。見付かると煩(うるさ)い。私は退散するとしよう」

ウォレスの言葉に笑いながら背を向けたが、テオドラは何か思い出したように振り向いた。

「まだ何かあるのか？」

「言い忘れるところだった。ルチアとは、これからも仲良くしてやってくれ。お前さんはあの娘(こ)に良い影響を与えるようだ。ま、これはお互いさまだろうけどね」

そう付け加えた。

この魔女は決して認めないだろうが、本当はそれを言いに来たらしい。

「こっちも言い忘れてたけど、魔物が言ってたぞ。お仕置きは三日までにしてほしいって」

元館長は、にやりと笑った。

「すっかり忘れていたよ。私は虫が大嫌いなんだ。でもちょっとは反省しているよ。反省を生かして、ルチアの場合、お仕置きは最大で三時間にしてある。工房の整理には、ちょうどいい時間だろ？」

言うだけ言うと、テオドラは満足げに頷(うなず)いた。

テオドラが鏡の前から立ち去った数分後、まだ寝惚(ねぼ)けたような顔をしたルチアが現れた。

「おはよう、ウォレス」

一度鏡が破壊され、そして再生していたなどと、彼女は知る由もない。ウォレスの胸は熱くなった。しかし、それを悟られないように、ウォレスも普通に挨拶を返す。

「おはよう、ルチア」

「おはよう。なに、模様替えしたの？」

言われて気付く。テオドラと言い合いになった際、周辺の物を手当たり次第に破壊したのだ。お陰であちこちに物が散乱している。これでは魔物たちの悪戯にも文句が言えない。

「……開放感があっていいだろ？」

「ちょっと雑多すぎるかなあ。少なくとも、散らばった破片は刺さると危ないから、片付けた方がいいよ」

いつも通りの軽い会話。しかしルチアはまだ目が覚めきらないのか、藁の上にどっかりと腰を下ろし、背中まで預けてしまった。

「それより、体調はもういいの？」

心配そうな声。

「おかげさまで。そっちも無事帰れたみたいで、なによりだ」

ウォレスが答えても、その声はまだ不安気に揺れていた。

「あのメイドの子……リィリも大丈夫だった？」

「変わらず……いや少し変わったのか。うん、でも元気だ」

「図書館も？　魔物たちも？」

「ああ、みんな無事だ」

「もう、本当に本当に、心配したんだよ」

「……ありがとな」

一緒に魔王の城へ行ってくれたこと。ウォレスを信じてくれたこと。ウォレスのために涙を流してくれたこと。そして、ウォレスの望み通り、この場所に送り届けてくれたこと。沢山の想いを込めて言えば、ルチアは顔を上げて、はにかんだ。

「どういたしまして。私も、助けてくれてありがとう、ウォレス」

「どういたしまして。約束通り特別待遇するから、俺が起きるまでここにいればよかったのに」

「黙って飛び出して来ちゃったんだもの。仕方ないでしょ」

ルチアの手の中で、ピートが丸くなって寝ていた。さすがの彼も、疲れてしまったらしい。起きたら彼にもお礼を言わなくてはいけない。きっといつも通り、誇らしげに胸を張って、高らかに鳴くに違いない。しかし、今はゆっくり寝かしてやらなければ。

ルチアがピートの羽を優しく撫でながら、そっと藁の上におろした。

「みんな、生きてる」

「うん」

「私たち、生きてるわ」

胸に手を当て、静かにルチアが言った。まるで鼓動を聞こうとするかのように。

ウォレスも目を閉じて、その音を聞こうとした。

「ルチアのお陰だ」

そう言うと、ルチアは悪戯っぽく笑った。

「もちろん」

「あんたは勇敢だ。自分で思ってるより、ずっと」

ウォレスは、ルチアに大切なことを教わった。

誰にでも恐ろしいことはある。それを目の前にすれば、足は竦むし、身体は震える。涙が溢れてなにも見えなくなってしまう。だが彼女は大切な誰かのためならば、それを乗り越えることが出来た。それを勇気と呼ばずして、なんと呼ぶだろう。世界は勇者たちを称えるだろうが、それと同じくらい、ウォレスはルチアを誇りに思った。

ルチアが膝を抱えて、顔を隠してしまう。しかし、髪の間から見えた耳は、彼女の髪と同じくらい赤くなっていた。しばらく膝の隙間でもごもご呟いていたが、やがて顔を上げる。頬はまだほんのり赤い。

「ありがとう。でも、あなたのお陰でもあるのよ、ウォレス。私が勇敢になれたのも、世界が救われたのも」

「そうだな。実質、俺が勇者だな」

町中でそんなことを言えば間違いなく石を投げられるだろうが、もちろんここは町中などではないのだから、ウォレスはそう豪語した。

「ふふ、そうかもね」

「今日から町はお祭り騒ぎなんじゃないか？」

「昨晩からよ」

「それでルチアは、反省文を書かされるわけだ」

「ふふ、今回は世界を救うことに貢献したのよ。そんなもの、免除です。免除」

ルチアはがばりと身体（からだ）を起こし、勝ち誇ったように言った。

「それはよかった、俺も無駄な労力を使わなくて済む」

二人は顔を見合わせて笑った。

「ねえ、やっぱり勇者様の活躍は本になって、あなたの図書館に収められたりするのかしら」

ルチアが思い付いたように言った。

「誰かが書けばな」

きっと何冊もの本が出るだろう。そしてそれは昔話になり、歴史になり、やがては神話になるかもしれない。様々な話が付け加えられて、真実も嘘（うそ）も混ざるだろう。勇者は迷いのない、められる。

勇敢(ゆうかん)な姿で描かれるかもしれない。だが、どんな本になっていようと、この図書館には必ず収

ここは最果ての図書館。そういう場所なのだから。

今回の物語が図書館に収まれば、少しはこの《空間》に愛着が湧(わ)くかもしれない。収蔵されたら読んでみたい。今度の勇者は、一体どんな風に描かれるのだろうか。少しは人間らしく書いてもらいたいものだが。

「本に、私たちのことも書かれたりするのかな。陰(かげ)ながらすごく活躍したと思うんだけど」

先ほどまでの眠気はどこかへ飛んでいってしまったのか、ルチアは目を輝かせて言った。

「俺たちの活躍なんて、一行か二行書かれれば良い方だろ。そもそもほとんどの人間が、俺たちが何をしていたかなんて知らないんだ。俺なんて絶対、ケルベロスをけしかけた意地の悪い人物として書かれる」

「え、あなたはともかく、私なんて、勇者様の絶体絶命の危機に、颯爽(さっそう)と舞い降りたのよ？もうこれは聖女様と呼ばれても仕方ないわね」

ルチアは夢見るように胸の前で手を組んだ。

「魔女だけどな」

ウォレスが冷静に突っ込む。

「転職しておこうかな、今のうちに」

「聖女に？　やめておけよ。分厚い聖書が読めて、長時間黙って祈りを捧げられるなら、無理に止めないが」

「ごめんなさい、やっぱりやめておきます」

ルチアが素直に謝った。

「それに、颯爽と舞い降りたのは、竜の方じゃないか。多分本には幻の飛竜が勇者を助けたって書かれると思うぞ。なんせむこうは伝説の生き物だからな。俺たちは、多分端折られる」

「うー……私たちって本当に報われないね」

悔しそうに言う割には、ルチアはちっとも悔しそうな表情はしていない。むしろ、楽しそうだった。

いつもの場所で、いつもの時間に。何気ない会話をしているのが、今の二人には何よりも幸せなことだと、知っていた。結局、この場所に戻って来てしまったし、相変わらずこの図書館に愛着は湧かない。しかしウォレスは、ここしか帰る場所を知らなかった。だが、帰る場所があるというのは悪くない。鳥籠の中の鳥も、一緒に歌う友人がいれば、それで結構満足してしまうものだ。

もしもの話、また何気なく外に出掛けられたとしたら、この場所に帰りたくなったりするかもしれない。沢山の本と、意地悪で素直な魔物たちと、無愛想なメイドがいるこの場所に。鏡の中の友人と世間話して、名声に疲れた勇者たちがまた空から遊びに来るのだ。強運の商人もお金になる話を探しにくるかもしれないし、時々怖い魔女が鏡越しに現れるかもしれない。

結構刺激的なんじゃないか。ウォレスは心の中で笑う。

「そういえば、あなたの過去は、どんな物語だったの？」

ルチアがそっと言った。

「さほど面白い内容じゃないぞ。教えてもいいけど、聞くだけ時間の無駄さ」

ウォレスが気さくに答える。

するとルチアはそれで納得してしまったらしい。初めから聞く気がなかったようだ。

「そう？　でも今のウォレス、すごく楽しそうだから、きっともう大丈夫ね」

「どういう意味だよ」

「だって、初めて会った時は、捨てられた子犬みたいな顔してたじゃない」

「そっちこそ、顔面蒼白（そうはく）で大騒ぎだったじゃないか」

むきになってやり返す。

「あなただって大騒ぎしてた！」

「なに言ってるんだ。その大騒ぎが終わったら、今度はお師匠さまから逃げてるんだって、また大騒ぎだっただろ」

言い返せなくなったのかルチアはしばらく真っ赤な顔をしていたが、ウォレスの顔を見ると、その内心を見透かしたように、表情がふっと和らいだ。

「大丈夫。どんな過去があっても、私たちの物語はこれからいくらでも素敵な物に出来るよ」

「……そうだな」

　これまでの物語を思い出したのだろうか。それとも、これからの物語を思い描いたのだろうか。やがてルチアは思い付いたように、勢いよく手を挙げた。

「それに、今回の終わり文句は決まってるでしょ？」

　そう断言する。

「お、なんだ？」

　ウォレスが笑って促せば、ルチアも笑った。

「めでたし、めでたし！」

終わり

あとがき

ふと、優しい物語が書きたい、と思いました。多分、疲れていたんです。

優しい物語というのは、主人公を砂糖漬けのように甘やかすことではなくて。誰かが誰かにそっと手を差し伸べる程度の、そんな優しさ。その手を握り返すかどうかは本人たち次第で、ただ、伸ばされた指先の温かさは知ってほしい。

はい。恐らく、寒かったんですね。思い付いたの、冬でしたから。

そうした想い(おも)に、大好きなファンタジーを絡めたのが、本書になります。主人公は世界の果てで引き籠(こ)もっているけれど、勇者も魔王も出てくるし剣も魔法も出てくるので、ファンタジーです。ファンタジーの定義は、実はよく知りません。

舞台は、本が好きだから、本が沢山ある場所がいい。

童話や神話みたいに、人間以外の生き物も沢山活躍させたい。

いっそ我儘(わがまま)と呼べそうなほど、好きなものを好きなだけ、書きたいものを書きたいだけ詰め込んだら、想像を超える結果となりました。私が一番驚いています。この作品と、こんなに長い付き合いになるとは、思いもせず。けれど、とても幸せで。そしてその幸せは、沢山の方のお陰(かげ)で成り立っています。

この物語を読んでくださった上に、選んでいただいた、下読みの方、編集部の方々、そして選考委員の方々へ。

私の物語への、一番の理解者である、担当の池上さんへ。

色鮮やかに、可愛らしいイラストを描いてくださったNamieさんへ。

本にするにあたって、ご尽力くださった、全ての方々へ。

この場をお借りして、厚くお礼申し上げます。本当に、ありがとうございました。

また、私が作家になりたいと思うきっかけを与えてくれたF先生と、受賞の報告をした時、我が事のように喜んでくれた友人たちへも。ありがとう。


そして、最後になりましたが、この本を手に取ってくださったあなたには、感謝してもしきれません。次巻でまたお会い出来れば嬉しいです。

読み終わったあなたの指先が、どうか、ほんの少し温かくなっていますように。

冬月いろり

本書に対するご意見、ご感想をお寄せください。

電撃文庫公式ホームページ 読者アンケートフォーム
https://dengekibunko.jp/
※メニューの「読者アンケート」よりお進みください。

ファンレターあて先
〒102-8584　東京都千代田区富士見1-8-19
電撃文庫編集部
「冬月いろり先生」係
「Namie先生」係

初出

本書は第25回電撃小説大賞《銀賞》を受賞した『世界の果てではじまりを』に加筆・修正したものです。

電撃文庫

鏡のむこうの最果て図書館
光の勇者と偽りの魔王

冬月いろり

◇◇◇

2019年2月9日　初版発行

発行者　郡司 聡
発行　株式会社KADOKAWA
〒102-8177　東京都千代田区富士見2-13-3
0570-06-4008（ナビダイヤル）
装丁者　荻窪裕司（META＋MANIERA）
印刷　旭印刷株式会社
製本　旭印刷株式会社

ISBN978-4-04-912335-7　C0193　Printed in Japan

電撃文庫　https://dengekibunko.jp/

電撃文庫創刊に際して

文庫は、我が国にとどまらず、世界の書籍の流れのなかで〝小さな巨人〟としての地位を築いてきた。古今東西の名著を、廉価で手に入りやすい形で提供してきたからこそ、人は文庫を自分の師として、また青春の想い出として、語りついできたのである。

その源を、文化的にはドイツのレクラム文庫に求めるにせよ、規模の上でイギリスのペンギンブックスに求めるにせよ、いま文庫は知識人の層の多様化に従って、ますますその意義を大きくしていると言ってよい。

文庫出版の意味するものは、激動の現代のみならず将来にわたって、大きくなることはあっても、小さくなることはないだろう。

「電撃文庫」は、そのように多様化した対象に応え、歴史に耐えうる作品を収録するのはもちろん、新しい世紀を迎えるにあたって、既成の枠をこえる新鮮で強烈なアイ・オープナーたりたい。

その特異さ故に、この存在は、かつて文庫がはじめて出版世界に登場したときと、同じ戸惑いを読書人に与えるかもしれない。

しかし、〈Changing Times,Changing Publishing〉時代は変わって、出版も変わる。時を重ねるなかで、精神の糧として、心の一隅を占めるものとして、次なる文化の担い手の若者たちに確かな評価を得られると信じて、ここに「電撃文庫」を出版する。

1993年6月10日
角川歴彦